未見坂

堀江敏幸著

新潮社版

9180

目次

末見坂

滑走路へ

出かけるの、と母親がきいた。約束があることを、まだ話していなかったのだ。話せない事情があったわけではないし、話すなと口止めされていたわけでもない。ただ、なんとなく秘密にしておいたほうがいいような気がして、わずかな迷いを抱えているうち、つい言いそびれてしまったのだ。しかし母親に黙って遠出をする習いも少年にはなかった。きかれれば、いや、きかれなくても、だれとどこで遊ぶのかくらいは、いつも素直に伝えていた。

「お昼まえに、お母さんも出るけど」

「お母さんも？」少年が問い返す。

こちらこそ、そんな話は聞いてなかった、という顔になる。今日はひさしぶりに家でゆっくりできる日のはずだった。

「仕事？」

「ううん、買いもの。このあいだの日曜日、使えなかったでしょ。遠足に着ていく服、はやく買っておかないと、来週は仕事が入ってるから」

遠足は、再来週の月曜日だ。学校から山沿いの県道を歩いて二時間半ほどの盆地にある通称「空港公園」まで行ってお弁当を食べ、思うぞんぶん遊んで帰ってくる。何百メートルかの短い滑走路がひとつきりの典型的な地方空港のわきに、芝生の運動場を数面備えた市のスポーツ施設があるのだ。

公園はその平らな区域を見下ろせる小山の中腹にあって、展望台からは、ところどころむらのある芝生の海と、アスファルト舗装された滑走路をほぼ見渡すことができた。みじかい誘導路、格納庫、給油施設、そして、引っ越し会社の荷物預かり所みたいな旅客ターミナルと管制塔も見分けられる。当日はアスレチックの遊具のある一角にとどまってもいいし、余力のある者は芝生のうえで遊んでもいいことになっていた。それまでに、係の先生が園内の管理所へ学校のバレーボールやサッカーボールを運んでおいてくれるので、球技もできる。この遠足は、四年生の年中行事のなかで、少年がもっとも楽しみにしているもののひとつだった。

毎年おなじ時間に出発しておなじ順路をたどるから、最後の生徒が公園の入り口を通過するまでのタイムを計って、歴代の四年生と片道の所要時間を争うという裏競技もある。話をしたりふざけたりしながら歩いてもいい道と、車に気をつけながら無駄なおしゃべりをせずに歩くべき道を識別し、安全に、かつ、できるだけはやく目的地に到達すること。そのためには疲れをすこしでも軽減してくれる装備が必要だった。軽くて丈夫で背中のむれないリュックは持っているし、帽子はこのあいだ買ってもらったばかりだ。靴は、履き慣れたものにしなさいと、学校からきびしいお達しが出ていた。かりに新調して足になじませるつもりなら、今日、明日あたりが限度なのかもしれない。去年の遠足で、少年はおろしたての靴を履いて両足ともひどい靴擦れを起こし、途中で歩けなくなるという苦い経験をしていた。仕事でひとりにすることが多いからと母が気を利《き》かせて買ってくれた流行《はや》りの靴が、裏目に出たのだ。まだじゅうぶん弾力があるかかとを懸命につぶして半べそで帰ってきた家に、母はいなかった。

「それにあの水筒、もう使えないでしょ。思い出したときすぐ買っておかないと、忘れちゃうものね」

あ、水筒は、じぶんで選びたいな、と少年は思った。これまで使っていたのは、母親が商店街のポイントをためて交換してきたほそいステンレス製で、ワンタッチで中身を注ぐことのできる内蓋《うちぶた》がついていた。はじめはその仕掛けが嬉しかったのだが、熱いお茶を注ぐと、プラスチックのにおいがぷんと立つ。そんなに嫌なにおいはしないけどなあと母親は首をかしげていたけれど、少年にはそれがどうしても我慢できず、結局、いつも内蓋をはずして注ぐようにしていたのだった。これならいっそ、軽いアルミ製の、なんの細工もないカーキの布が巻かれているようなもののほうが、簡単でいい。アルミの水筒は蓋も金属で、直接口をつけて飲む。あちこちに打ち傷ができてでこぼこしてくるのもかえって味がある。ずいぶんまえに一度、それとなくこの水筒の話をしたことがあって、そのとき母親は、ああ、あれね、とすぐにわかってくれた。

「でも、ああいうのは、もっと大きい、高学年の子が持つものでしょ。それに、カーキ色のケースって、なんだかきなくさい感じがして、お母さんは好きじゃないな」

「きなくさいって、どういうこと？」

「……つまり、似合わない、ってこと」

そんなふうにごまかして表向き反対したあと、近所の店にはないかもしれないし、あんたたちの考えることなんてだいたいおんなじだもの、みんなが欲しいと言い出したときにはもう遅いでしょう、この辺で手に入るところなんてかぎられているから、いまのうちに買っておくべきかもね、と笑った。とにかく、遠足の準備をするには、やや早すぎるような気もしたし、母親が翌週の予定をすらすら口にするのもめずらしいことだったので、少年の胸には、なにかしら黒い影に似たものが残った。

結婚まえにやっていたという、自宅療養中の老人たちの世話をする仕事に母親が復帰して、この夏でちょうど一年になる。ホームヘルパー一級の資格を取ったばかりのときに結婚し、そのまま辞めてしまっていたから、こんどはなんとかつづけて、介護福祉士の資格を取るのだと少年は聞かされていた。動けないお年寄りの身体を起こす際の力の入れ方、抜き方の勘はすぐに取りもどせたものの、じぶんの体力がついていかず、最初のうちは食事も準備できないくらい疲れ切ってささいなことにいらだち、しばしば息子に言葉で当たった。そういう煮え切らないところがお父さんにそっくりだ、思ったことをその場で言わずに、取り返しがつかなくなってから、ほんとうはああしたかった、こうしたかったなんて平気で口にする、お母さんの気持ちを全然かんがえてない、と。

髪がぱさつき、部分的に太くなったり縮れたり、白髪になったりした。肌も荒れて、目の下に大きな隈《くま》ができた。そういう母親の健康状態を案じはしても、少年はなにも手助けできず、ただ日々をやりすごした。やりすごせばなんとかなる、とじぶんに言い聞かせていたのかもしれない。ひとり暮らしをしている母方の祖母とたまに電話で話をするときにも、なにか勘づいているらしいその言葉に対して、けっして弱みを見せなかった。

ところが、母の鬱《うっ》した表情が、この二ヵ月ほどで急に晴れてきたのである。明るくなって言葉数も増え、化粧も心なしか念入りになっている。仕事はあいかわらずきつそうだった。毎日、短時間でもどこかしら廻らなければならず、土日も要請があれば、ペアを組んでいる同僚と出かけていくことになっていたからだ。大柄なひとを移動式のお風呂に入れたりするときはさすがにひとりでは無理なので、どうしても力のある相方が必要になる。母がこのところいっしょに行動しているのは、会社を辞めて介護士の道を選んだという、二十代の若い男のひとだ。

移動式の浴槽を載せたワゴン車で、そのひとは何度か母親を迎えに来たことがある。背が高く締まった体つきで、顔がとても小さく、あごがとがっていることに、少年はつよく印象づけられた。父親が中肉中背で丸顔だったから、正反対といってもいい体つきである。後部のドアを開けて荷物の出し入れをしているところに母が並んだりすると、ひときわ大きく感じられた。また母は母で、そのひとのそばにいるときは中学生か高校生くらいにしか見えなかった。体つきばかりではない。表情や、声や、しぐさが、父がいたころよりずっと若やいでいる。肌に張りが、髪には艶《つや》が出てきて、息子の目からしてもとてもきれいだと思ったし、そう思えることじたいに、いくらかのとまどいも覚えた。

「だれと遊ぶの？」

背後から母親の声がかかる。両腕を腰に当てているときの、きつい声ではない。棘《とげ》は、そこになかった。ほんとうの名前を明かしたら魂を売ることになり、秘密はもう秘密でなくなる。そんな話をなにかの本で読んだことがあったのに、やっぱり正直に話すことになってしまった。市営住宅の、半間しかないリノリウムの玄関で靴の先をとんとんと床に当てて靴を履きながら、少年はしばしためらい、そして友人の名を口にした。

ひも靴なのにほどいたり結んだりせず、そのまま足をつっこむのは少年の癖のひとつだった。うまくいかないときは腰を落とし、かかとに人差し指をつっこんですべらせるのだが、そうすると、ほんの一瞬、指のなかほどが鬱血して、指先にむかって血がしぼられていくのがわかる。そういう乱暴な履き方をするからすぐに傷《いた》むのよと、母親に何度叱《しか》られても直らない。ただし、その癖は、ひも靴が履けるようになってからできた、あたらしい習慣でもあった。

持ち手のところに鰐革《わにがわ》が巻いてあるあの柄のながい靴べらが消えたのは、いつのことだろう。金属製の、暗い玄関でそれだけ妙にそぐわない光を発していた靴べらがあったころ、じぶんのかかとにはまだ幅がひろすぎるかなと思いながら、そのひんやりするりとした感触をたのしんだものだった。あまり帰ってこない父親が使っていたその靴べらは、電気カミソリや、金メッキの銃のかたちをした卓上ライターといっしょに、ある日を境に、この家からなくなってしまった。

母親が靴べらを使うのを、少年は見たことがない。女のひとの靴は小細工なしでも入るのだと知ったのは、まだ床にぺたりとすわって足を持ち上げなければ靴を履けなかった時分のことだ。玄関口に座り込んで難儀している少年の横から母親の細い足がのびてきて、薄い肌色のストッキングに包まれた足先を黒くてひらたい靴に差し入れると、ぷすうとやわらかく空気の抜ける音がしてそのまますんなり収まった。それはじつに、やさしい、なつかしい音だった。

「B組の、去年、転校してきた子でしょ」と母が言う。

「知ってるの?」

「こないだ、PTAのときお母さんとたまたま席が隣同士になって、ちょっと話したのよ。お父さんが事故で、大変だったんだって」

少年は、なにも知らなかった。秘密だと思っていたことがとつぜんひっくりかえされて価値を失い、今度は母親のほうがこちらの知らない情報を握っている。その友人とはクラスがちがうし、学校の外で遊ぶことはなかったから、母親にはほとんど話していなかったのだ。昼の休み時間と放課後につづけているドッジボールの、クラス対抗リーグ戦のまとめ役がその友人で、コートや審判の割り振りなどをいっしょにやっているうち言葉をかわすようになったのだが、転校してきたばかりでそこまで自然にクラスにとけ込み、なんであれ責任のあるところに居場所を見つけた友人の才能に、少年はおどろきと羨望《せんぼう》を感じていた。

「お昼はどうするの？　戻ってくる？　それとも、パンでも買って食べる？　どこかで待ち合わせして、ご飯食べたあと、買いものでもしようか」

「帰ってこられるかどうか、わかんないんだ」

友人の言葉に嘘《うそ》がなければ、昼までに家に戻るなんて到底無理だろう。わからない、と言っておくしかなかった。

「だったら、へんに約束して心配するより、別々に動いたほうがいいかな。鍵、ちゃんと持った？」

「うん」

立ち上がって半身をよじり、ズボンのベルト通しのところにぐらせた青い紐《ひも》を、すこし引っ張り出して母親に見せた。その先には財布も結ばれている。リュックを背負うことも考えたけれど、ながい道のりになりそうだったので、よけいな荷物は極力持ちたくなかった。三階の踊り場から棟の北側にある自転車置き場までひと息に駆け下り、赤いダルマのキーホルダーをつけた鍵を愛車に差すと、少年はすぐ、全力でペダルを踏みはじめた。両目を開いたプラスチックのダルマがかちゃかちゃと音を立てる。まえに使っていたキーホルダーは鎖の部分がながすぎたのか、スポークにはじきとばされてなくなっていた。これは、その話を聞いた祖母が初詣《はつもうで》で買って、送ってくれたものだ。

少年が住んでいる市営住宅は、この近辺でもめずらしくなってきた鎮守の森を擁する小丘の頂にあって、市の中心部に出るにはまず坂道を下っていかなければならないのだが、友人の家のある新興住宅地は逆に坂の上の、稜線《りょうせん》を走る道路の先の傾斜地にあった。平坦なようでじわじわと脚に効いてくるのぼり坂がつづき、南側の斜面を覆《おお》う樹木のあいまから谷底にある浄水場のパイプに照り返った陽光が漏れて、きらきらと少年の目を打った。夕刻になると、北側のショッピングモールのガラスに夕陽が反射してあたりを一面あかね色に染め、昼のあいだ浄水場にため込まれていた光が反対側からのぼってきて、稜線のところで重なりあう。ふたつの光にはさまれる道路をその時間帯に自転車で走るのも好きだったが、こんなふうに、休日の朝、風を切って走るのも悪くはなかった。

風を切る。南北どちらにも目線が降りていくこの道は、地理的には吹きさらしだ。あたらしい帽子を買ってもらったのは、ここで突風にやられて、谷のどこかへ飛ばしてしまったからである。冬場はとくに風がつよく、自転車をこぐどころか、歩くことさえままならない日もあった。あぶないと思ったら、すぐに丘から降りて、麓《ふもと》の道を走るようにと学校で注意されたこともある。

しかしその朝は、無風に近かった。大気はあまく、気温も低くない。風をつくるのは、いま、自分自身だった。ペダルを踏めば踏んだぶんだけ、顔にあたる風がつよくなっていく。庇《ひさし》を後ろにまわして帽子をとばさないよう気をつけながら赤松の林を抜けると、新興住宅地へ下っていく側道とこの道路の交わるところに、約束どおり、友人が黄色いマウンテンバイクを停めて待っていた。

「遅れてない？」

「大丈夫、だと思う」

黒くて太いベルトの腕時計を見て、友人は言った。

「行こう」

友人のマウンテンバイクは、フレームに白いプラスチックの水筒を装着できるようになっていて、薬局で売られている蒸留水の瓶みたいなそのあっさりした水筒を前にすると、アルミがどうの、カーキ色のケースがどうのと注文をつけているじぶんが恥ずかしくなる。

シーッという、どんなスピードになっても乱れないタイヤの音を耳にしながら、少年は友人のあとにしたがった。ゆるいのぼり、ゆるいくだり。浄水場のさらに奥にある養鶏場から、なまぐさい糞《ふん》のにおいが漂いだし、それがときどきふっと固まりになって鼻先をかすめた。この先で土木工事でもしているのか、砂利を積んだ二トン車が数台、地響きを立てて走り抜けていく。車の数もすこしずつ増えてきたようだった。平坦な県道を通らず、遠回りになるこちらを選ぶのは、信号がないからだと母親は言っていた。

ふたりはひとこともしゃべらずに、ペダルを漕《こ》いだ。母さんは、もう家を出ただろうか。遠足の服を買うだけなら、そんなに時間はかからない。食材を仕入れてすぐに戻るのか、それともどこかに寄って夕方に帰ってくるのか。出かけるの、ときいてきた声の調子が、いつもよりほんのすこし浮き立つふうだったのが気になるのだが、しかしそんな雑念も、腿《もも》の張りと疲れに負けてしだいに消えていった。

速すぎも遅すぎもしないリズムで、友人は軽快に走っていく。少年はその動きについていくのが精一杯になっていた。すると急に、友人が振り向いて右手を水平にのばし、人差し指で、そこ、と合図をした。車の来ないのを確かめて車道を横切り、道路工事の際にもうけた資材置き場のような赤土むき出しの、自然のテラスに自転車を停めた。

「着いたよ。ここさ。ほら、あのうえを通るはずなんだ」

むこうの山を越えて送電線をリレーしてきた鉄塔が、そこからは惑星直列の図みたいに、一列に並んで見える。鉄塔と鉄塔のあいだの距離はどのくらいあるのか、弛《ゆる》んだ弦を思わせて、なんとなくユーモラスだ。よくこんな場所を見つけたなあ。賛嘆しつつ少年が言うと、ぼくの力で見つけたんじゃない、と友人は訂正した。

「写真で、このポイントがわかったんだ」

写真と鉄塔のつながりが、すぐには理解できなかった。しかし、黙ったまま眼下にのびる送電線をぼんやり眺めているうち、友人が仲間のあいだで一挙に注目されるきっかけになったひとつの出来事を思い出した。

「航空、写真だね」

「うん。父さんが撮った」

去年の秋、創立百周年をむかえた小学校の特別記念行事として、全校生徒が校庭に出て人文字を描いたことがある。全員が体操服に着替え、帽子を赤と白に分けて、あらかじめ石灰で下書きのしてある校章と一〇〇という数字を埋め、それを空から飛行機で撮影してもらうのだ。あと十五分くらいでやってくるはずですから、いましばらく我慢してくださいと校内放送があり、みなわくわくしながら待っていると、西の空の一点からプロペラの音がかすかに伝わってきて徐々にその環《わ》をひろげ、見えない波形を描いた。気がつくと、いかにも軽そうな小舟がふわりと宙に浮かんでいた。空に紛れないようずっと濃い青に塗られた機体は、一回、二回と学校の上空を旋回し、仕事をしたのかしないのか下界の人間にははっきり悟らせないまま、来たときとおなじように、あっけなく飛び去っていった。これで終わり？　たったこれだけ？　興奮がしずまりかけたころ、友人がまだいくらか昂揚《こうよう》した声で言った。

「いまのは、四人乗りのセスナ一七二型スカイホーク。巡航速度は時速一七〇キロくらいかな」

おまえ、飛行機に詳しいんだ。転校生の思わぬ発言にまわりが感心すると、友人はさらなる追い打ちを掛けた。

「乗ってたのは、ぼくの父さんだ。でも、パイロットじゃなくて、カメラマンだけど」

空から写真を撮る。それからしばらくは、まさに友人の独演会だった。一七二型は写真の撮影や宣伝に使うこと、もうひとまわり大きい六人乗りの二〇六型は主に測量に使うこと、セスナは飛行機の愛称ではなく飛行機会社の創業者の名前で、小型機がみんなセスナではないこと——。友人の舌はなめらかで、父親の仕事を心の底から誇りに思っている様子が、とてもまぶしかった。おまけにその青いセスナは、今度の遠足の行き先である公園の下の滑走路から飛び立ってきたものだったのだ。格納庫にはパイロットの練習機もふくめたセスナ数機と、小型ヘリコプターが一機、つねに整備された状態で置かれていて、災害時には新聞社の要請で飛ぶこともある。友人の父親は報道が専門ではなかったけれど、急な要請にも応じているようだった。

「父さんが撮影したこのあたりの斜角写真を眺めてたら、鉄塔がずらっと一列につながってるのがわかったんだ」

「シャカクって？」

「斜めの角。学校で人文字を撮ったときみたいな、真上からの写真じゃなくて、斜め前を写したやつさ。マンションの広告なんかに使われてるのとおなじ」

友人は水筒に入れてきたお茶をひと口飲み、飲むか、と少年に差し出した。ひと口、と素直に受け取る。ずっと走ってきて、喉がからからに渇いていたのだ。沿道に自動販売機くらいあるだろうと思っていたのに、この区画には街灯のほか機械の気配もない。

「地図と照らしあわせたら、ここから見えそうだってわかって、下見しておいたんだ」

「この日のために？」

一瞬、間があった。

「父さん、ずっと入院してたんだ、事故で。飛行機じゃないけどさ。退院して、リハビリして、これがはじめての仕事なんだ」

事故で大変だったんだって、という今朝の母親の言葉の意味が、ようやくわかってくる。少年は、鉄塔の列の彼方《かなた》を見据えながら友人の話を聞いていた。去年の冬、スキー場のパンフレットのための写真を頼まれて、友人の父親は、狙いどおりの雪が降った日の午後、それを逃すまいと車を走らせた。滑りやすい道を慎重にたどり、ようやくゲレンデの見えるところまで来たS字のカーヴで、スキー場での結婚式に参列した一行のワゴン車が、反対車線から飛び出してきたのだという。人数オーバーによる相手の過失と認められたものの、正面衝突で側頭部と背中を強打した父親は、左半身の自由を奪われた。座った状態で右手の指でシャッターを押すことはできても、カメラを手でしっかり支えることができない。厳しいリハビリは半年以上つづいている。そして、まだ終わる様子もない。

木々が揺れはじめた。風が出てきている。少年は帽子をとって手で汗を拭《ぬぐ》い、額をその風にさらした。ついでに靴も脱いでむれを逃がした。靴下のままペダルに足を当てると、あの金属の靴べらの、ひんやりした感覚がよみがえってくる。息を吸い、息を吐く。雲は流れていて、視界は良好だ。

「この方角から飛んでくるの?」

「パイロットには、そう頼んでみるって。今日の仕事は、県境の、山崩れの現場を写すことなんだ。ここは通過するだけ。鉄塔のドミノ倒しがおもしろそうだから、ついでに撮るって言ってた」

「鉄塔のドミノか。ほんとだ。そう見えるね。倒れないといいけれどさ」

少年の言葉に、めずらしく友人は声をあげて笑った。それから腕時計で時間を確認し、もうじきだと思う、と言って、また口をつぐんだ。少年も黙った。風はあいかわらず吹いていた。舞っているのかもしれない。堆肥《たいひ》に似たにおいと、なにかを焼いているような焦《こ》げくさいにおいが、かすかに混じっていた。きなくさい、という母親の言葉を思い出す。

「遠足で空港公園にいったら、父さんが乗ってる飛行機、見せてあげるよ」

「ほんと？」

「ほんとさ」

「飛行場に入って、怒られないかな」

「なかに入るんじゃなくて、金網越しに見るだけだよ。その時間帯なら、格納庫から出て誘導路の付近にいるはずなんだ」

遠くに、かすかなエンジン音が聞こえたような気がした。あ、とふたりそろって声をあげ、息をつめて、耳を澄ます。車の音がそこに入り込んで、いったん集中力が乱されたが、気を取り直してふたたび空を見あげた。

「……ひとりで来るのが、怖くてさ」

友人がこちらを見ずに、小声でいった。

「うん」

「お医者さんは、もう治らないかもしれないって」

仕事ができなくなっても、父親がいてくれるだけいいよ、とは口に出さなかった。たしかに聞こえる。まちがいなくプロペラの音だ。鉄塔のドミノを、鉄塔の弦をまっすぐのばしたその先のほうから音はひろがり、幾重にも重ねた音の環のなかに、光を放つちいさな点が見える。

苦い手

通りから斜めに切れ込む飛び石のアプローチに、バックで車を入れる。ちょうど街灯が立っているところなので周囲の確認は楽にできるのだが、車庫ではなくいびつな形の庭の一部に砂利を敷いてあるだけだから、進入角度を少しでも誤ると飛び出した木の枝にぶつかりそうになって、またはじめからやりなおさなくてはならない。ウィンドーを下げ、右手を座席の背もたれに引っ掛けて外側に上半身をひねるように顔を出し、左手でハンドルを操作する。一度このかっこうになると、反対側に身体を戻すことができなくなるので気が抜けない。真横、真下、斜め後ろ。ミラーもちらちらと視野に入れながら、いつもの要領で慎重に車を押し込んでいく。タイヤが砂利をはじく音に、肥田《ひだ》さんの耳は微妙なちがいを聴き取った。ゆっくりバックするときには、運転席側に八十五キロ分の体重がかかって車体が不均衡に沈み、石のはじかれ方に左右で差が生じる。夏が終わりに近づいて虫の声が聞こえてくるころには砂利の音まで涼しげに響くから不思議なものだ。今晩はそれに、買い出しの時よりずっと重い荷が加わっている。ハンドルの反応も、どこかしら鈍かった。

車が入ったら入ったで、今度は降りるのがひと苦労である。車にとっての最良の位置が、肥田さんにとっては最悪になるからだ。右側の松の木の根本がこちら側につきだしているため、ドアを十分に開けることができないのである。荷を下ろすより先に、自分を下ろすことに集中しなければならない。レバーを引いてトランクを開けたあと、肥田さんはきびしい脱出劇を成功させ、玄関の引き戸を開けてまた車に戻り、息を止めて厄介な荷物をぐいと持ちあげた。重いのはともかく、出っ張ったおなかが車体にぶつかって邪魔になるのがつらい。完全に密着できないぶん、伸ばした腕と車体の間に隙間《すきま》ができて、腰や腕に力が入りにくくなるのだ。ほんの一瞬よろけそうになったところをなんとか踏ん張り、沓脱《くつぬ》ぎの段のうえにひとまずゆっくり荷を下ろした。持ち上げるときより、下ろすときのほうが腰に悪い。慎重にその作業を済ませ、トランクを閉じ、車に施錠《せじょう》をした。玄関口に迎えに出てきた母親が、おかえり、と小さく言ったまま、でんと置かれたものを見て、目を白黒させている。

「なんだい、それは？」

「電子レンジ」肥田さんは下を向いたまま応《こた》えた。

「電子レンジって……また、秋川さんかい？」

「そう」

「こんなものもらってきてどうするの」

「わかんないよ。例のごとくで逆らうわけにいかないし。このあいだみたいに怒らせると厄介だから」

「だって、置き場がないじゃないか」

「でもまあ、捨てるわけにいかないよ。とりあえず、運ぶだけ運んでおこうと思ってね」

このあいだというのは、一カ月半ほどまえの話だ。酒のあいまに飲んだ水がどうしてだかいつもよりおいしいような気がすると言ったとたん、そうか、わかるか、と秋川課長はご機嫌になり、浄水器を付けたばかりなんだよ、気に入ったんならいますぐ外してやるから遠慮なく持って行けと、そのまま贅肉《ぜいにく》のないアルコール漬け標本になりそうなくらい飲んでいながら四肢を的確に動かして立ち上がり、ほんとうに蛇口のまわりをいじりはじめた。肥田さんはあわててそれを制し、すばらしいことはわかりましたから、いつか自分で買いますと言って逃れようとしたのだが、課長は羽毛のないコウノトリに似た細長く乾いた顔を上下させて、どうせ検討するだけで終わるのが関の山だ、いいと言った以上は素直にもらってくれなければ困る、褒めた責任というものがある、とめずらしく声を荒げたのだった。

なにかにつけて若い部下を自宅に呼び集め、飲み食いさせて自身もしこたま酔っぱらうと、身のまわりの品をどんどんあげてしまうのが課長の癖だった。部下たちはみな心得たもので、お招きにあずかっても特定のなにかを見つめたり過度に褒めたりしないよう、あたりさわりのない世間話に徹することを暗黙の了解事項にしている。機嫌よく受け答えをしているからはっきりとした意識があるように思えるのだが、課長の饒舌《じょうぜつ》はほとんど条件反射で、翌日になるとなにひとつ覚えておらず、あれはどこにいったんだと奥さんに尋ねるのがつねだった。昨日の夜、だれだれさんに持っていけってお渡しになったんですよと呆《あき》れもせずに奥さんがそう応え、課長のほうは、そうか、またやったかと納得し、じゃあ、おなじのをまた補充しておいてくれと命ずる。それはもう、長年の習慣のようなものだった。

小宴会につきあったあと、玄関口に寄せた車に渡されたものを抱きかかえるように運んでいくのを見ながら、電子レンジは肥田さんで三台目よ、と奥さんは笑った。

「ぐでぐでに酔っぱらってるのに、大物のときはお酒が飲めなくて車を運転できるひとを見極めて割り当ててるみたいなの。うちに来て烏龍茶《ウーロン》飲んでるのはあなただけでしょ。でも、身体の大きなひとでよかった。二台目は篠原さんだったのよ、あの細身の。たまたま風邪薬を飲んでいてお酒は禁止だったから犠牲になったの。ひょろひょろして大変だった」

篠原さんというのは、このあいだの人事で三和営業所の長になったほぼ同年配の優秀なひとだが、課長のところではすれちがうことが多かった。どちらかが参席すると、どちらかがいない。避けているわけではなくて、仕事のローテーションが合わないのである。いつも青白い顔をして、膝《ひざ》から下だけで音を立てずに廊下を歩いてくる、自分の半分くらいの体重しかなさそうな篠原さんがこれを抱えている姿を想像すると、さすがにおかしかった。

今日のところは黙って持っていってね、邪魔ならまたあたしに連絡してちょうだい、どなたかにこっそり回せばいいから、と奥さんはいつものように泰然として言う。これではいくらお金があっても足りないではないか、裏になにかあるのではないか。肥田さんも一時は、そんな疑心にかられたことがあった。しかし課長の挙措になにひとつやましそうなところはないのである。どこかで品物を安く仕入れて高く売り飛ばしているわけでもなし、ご本人はよかれと思ってやっていることだ。社内では裏表のない、頼りがいのある上司として通っているひとだった。

「何度か押し問答して、結局は折れたよ。ま、いつもどおり、折れたふりしたってことだけれどね」と肥田さんは母親に言った。「台所に運び込むから、乾いた雑巾を二、三枚持ってきてよ」

「お勝手に運ぶの？」

「下に雑巾敷いて、滑らせる。奥さんのまえで見栄《みえ》張ってきたから、腰が心配でね」

「無理しなくても、ここに置いておけばいいじゃないか」

「かえって邪魔くさいよ」

しばらくして母親が探しだしてきた雑巾を下に挟み込んで、肥田さんは思わぬ来客を台所までそろそろと押していった。さっきまで重い手応えのあったものが、外見を裏切るなめらかさで前方に移動していく。その感触が、ぐいと迫り出《せ》してきたステンレスのストレッチャーに導かれて父親の棺を霊柩車《れいきゅうしゃ》に滑り込ませたときのことをふいに思い出させた。

人間の、人間としての重みが、そんなふうに突然軽くなった瞬間、かつんと頭を叩かれたような気がしたものだ。火葬場で焼かれたあと骨を拾いあげたときよりも具体的な別れの感触だった。何日かして、葬儀を仕切ってくれた友人にそのことを話すと、貨物になるんだよ、不謹慎かもしれないけれど、道路運送法ってのがあって、遺体は貨物扱いになる、ただし、死亡証明書があればの話だがね、と教えてくれた。亡くなっても人は人だから、遺族としては貨物扱いでは気持ちが収まらない。それが理由なのかどうか、葬礼に使う車の運転手は、タクシーとおなじように、生きているお客さんを乗せる二種免許を持っていることが多いのだという。

課長の下で動いているといっても、現場を担当しているわけではないので、ふだん力仕事はしていない。高いところへみんなと登りたければもう少し痩《や》せてみろと、いつも冗談まじりに叱《しか》られているほどだから、地上にいるかぎりはきわめて安定した身体《からだ》つきなのだが、逆にその身体つきのおかげで、技術系ではなく営業担当だろうと勘ちがいされてしまう。町の電器屋さんがやるような仕事の大半はいまでもこなすことができるし、場合によっては、お客さんのまえで、背広姿のまま簡単な修理点検をしてみせることだってある。しかしこの太りようでは、天井裏に潜って、というような工事はさすがに無理だった。肥満は、父親譲りだ。心筋梗塞《こうそく》で逝《い》ったとき、父は九十三キロあった。担架に乗せるだけでひと苦労、それを運ぶのはもっと大変だったとは、あとから聞いた話である。

母親に導かれるように台所兼食堂まで四角い機械を押していく。運んでいるものより自分の身体のほうが廊下を塞《ふさ》いでいるのが情けなかったが、目的地を見わたしてみてみずからの愚かさを悟った。専用の棚や台があるわけでなく、流しの横のスペースにも炊飯器などがところ狭しと載っていて皿一枚分の余裕もない。四人がけの食卓の半分は、父が亡くなってからあれやこれやの物で埋め尽くされ、残り半分しか機能していなかった。使っていない椅子《いす》に載せてみてはどうかと検討してみたものの、座面が傾いているうえに奥行きが足りなかった。がたついているし、足の上にでも落ちたら大怪我《おおけが》まちがいなしだ。

とはいえ、床置きにしようにも、想像していたほどの広さはなかった。毎日使っている場所なのに、いざ具体的な面積を思い浮かべようとすると、こんなにもずれが生じる。たぶん、ものが多すぎるのだろう。いまの季節には不要な石油ストーヴや、親父の遺品のゴルフクラブが隅に幾本も寄せてあり、手前には古新聞と資源ゴミに出す紙類がまとめて積まれている。食事をするときは母とふたりで向き合うのだが、顔は廊下を挟んだ居間のテレビに向いているので、反対側までは視野に入っていなかったのだ。暮らしのなかの光景は、時間とともに変わる。たとえ自分の家のなかでも、きちんと見ているところとそうでないところがある。仮に床が広々としていても、たぶん目測を誤っただろうと肥田さんは思った。

「どうする？　玄関に戻しておくかい？　いっそのこと車に戻したらどうかね？」

それまで黙って見ていた母親が困惑気味に言った。

「そりゃあまずいよ。明日は山向こうまで走るし、こんなもの積んでちゃ坂道でがたがた動いて、下手したら壊れる」

「毛布かなにかでくるんでおいてもだめかね」

「だめ。運転中に気になるよ。でも、廊下に置いたら、夜中に寝ぼけて手洗いに立つとき跨《また》がなきゃならない。かえってあぶない」

肥田さんの家はずいぶん妙な間取りで、玄関を入って右手、つまり廊下の奥から見れば左手にお手洗いと風呂がある。玄関はすなわちその入口なのだ。廊下に置いてもここに置いても、結局は邪魔でしかない。

「返してくれって言われたらどうするんだい？」

「それはないよ」

「だって、ずいぶん高価なものだろう？」

「不要ならほかにまわすから、遠慮なく言ってくれってさ、奥さんが。処分するにしたって、金がかかるわけだからね」

課長の常識は、世間がとうに無にしてしまっている。家電の不要品は処分にお金がかかるので、若い連中は、だれかにあげるかリサイクルショップに引き取ってもらうことが多いのだ。手続きが面倒で費用もかかるから、部下にあげるふりをしてうまく片づけていると言われかねない。

「電子レンジなんて、いまじゃ信じられないくらい安く手に入るそうだよ。だいたい課長は酒をあっためるときしか使わない。単純な機能しかないものだと思うな。俺で三台目だって言ってたし」

「三台目？」

「そう。奥さんによれば、だけど」

「へえ……奇特というかなんというか、やっぱりちょっと変わったところのあるひとだねえ。あんまりワンマンでも、どうかと思うけれど」

たしかに奇特なひとだ、と肥田さんも賛同する。しかし、母親のワンマンという言葉の使い方が正しいかどうかは別として、少なくとも課長には当たらないだろうと思った。有無を言わせぬ口調ではあっても、強制しているわけではないのだ。あれこれ持って行けと命じるときもそうだが、家に飯を食いに来いと部下に声を掛けるときも高圧的な言い方ではないし、断ったからといって仕事を外したりするわけでもない。世間的な物差しで計ればめちゃくちゃな御仁だということくらい、みんなわかっているのだ。それなのになんだかんだと若い者が集まって、困った困ったと愚痴りながらその命に従っているのは、やはりどこか型破りな魅力があるからだろう。

この地方で課長と同世代の人間のうち、みずから商売を興《おこ》すのではなく勤め人として地位を得ていく者は、たいてい大卒と決まっている。名のある大学でなくてもかまわない。高卒だけでは、どんなに優秀な成績でどんなに優れた技術を持っていても、いわゆる昇進とはあまり縁がなくなる。ところが課長は数少ない例外、いや唯一の例外として社内でも一目置かれていた。

片親でしかも五人兄弟の長男だった秋川課長は、中学を出てすぐ、弟たちを養うために働きに出なければならなかった。担任教師の口利《くちき》きで地元大手の電気工業に職を得、いちばん下の使い走りからはじめて、社の援助で電気工の資格を取らせてもらったあとは現場で経験を重ね、三十代半ばから陣頭指揮をとってきた。よほど特殊な技術が必要な難工事はその道の専門家に任せるとしても、たいていの仕事は自分でもこなすことができる。だがその仕事ぶりをより大きく見せたのは、全体を見渡して的確な指示を出す基本的な監督能力にくわえ、個々の人心掌握の術に長《た》けていることだった。放っておいても人が寄ってくるなにかを持っているのだ。にもかかわらず、本人はそれに気づいていなかった。そのギャップが、さらに人望を厚くしていたのである。

入社三十五年で課長に昇進という遅さもさることながら、中卒で管理職になったのも社内初の事件だった。そうであればなおさら敵も多かったろうと勘ぐりたくなるのだが、悪い噂《うわさ》はまったく聞かなかった。

課長には、娘さんがひとりいた。団子鼻をのぞくと二等辺三角形の頂点を下向きにした細長い顔立ちが父親そっくりで、竹を割ったような性格の陽気な彼女に惹《ひ》かれて立ち寄る連中もかつてはいたようだが、短大を出て就職した会社の同僚とすぐにむすばれ、他県勤務になった夫に付き添って郷里を離れた。娘がもし地元の男と結婚することになったら、荒れ果てた裏庭をつぶして家を建ててやるつもりでいたらしいのだが、転勤先の町がじつは義理の息子の実家のあるところで、じぶんが考えていたことを相手の親がやってしまった。つまり、息子夫婦のためを思って、敷地内に大急ぎで小綺麗《こぎれい》な家を建ててくれたのである。娘はそれで、婿《むこ》の実家にいつくことになった。

これはなりゆきであって、娘さんの裏切りでもなんでもない。しかし、父親の落胆はことのほか大きかった、旧弊となじられても、娘は実家の母親の近くに住まわせたかったのである。不運はつづいた。夫婦は子どもに恵まれず、「娘の子どものお爺《じい》さんになるという夢」をほぼ諦《あきら》めたころ、当の娘さんが発病した。子宮癌《がん》だった。八カ月闘って逝ったあとは、彼女のことをほとんど口にしなくなった。課長への昇進話が持ち上がったのはその直後のことだ。若い衆を呼ぶ回数が増え、いろんなものをくれてやる癖がひどくなったのもおなじころからだと奥さんに聞いたことがある。

　裏庭をつぶす計画をあきらめた課長は、家庭菜園の真似事《まねごと》を始め、奥さんとふたりで、素人にしてはかなり立派な野菜を収穫できるまでにしあげてきた。奥さんの実家は農家だったから、こういう野良《のら》仕事――と課長は言っていた――には慣れていたのだ。ありがたいのかそうでないのかわからないにぎやかなお招きの席で出される野菜類は、つまりほぼ自家製だったのである。見てくれは悪いが、土の匂《にお》いがして、味もなかなかいい。食べきれないくらいとれたものは、もちろんお裾分《すそわ》けする。いや、独身の男どもに与えても仕方のない野菜を、好きな女の子に頼んで料理してもらえと、持たせて帰らせる。肥田さんは、毎夏、トマトや茄子や枝豆やインゲンを頂戴《ちょうだい》してきた。おいしいとひとことでも漏らせばどんどん持って行けと言い、馬鹿なことに、自分たちのぶんがなくなるとスーパーへ買いに行く。どうせもらってくるなら、電子レンジなんかより野菜のほうがいいと母親は思っているのかもしれない。

「で、結局、どこに置くの？　寝室に持っていくわけにいかないだろ？」

「そうだなあ。とりあえず、食卓の上の、このごたごたをどかして、いい案が浮かぶまで置いておこうか。どうせ半分しか使ってないし、こちら側の壁にはコンセントもある。つなごうと思えばつなげられる」

「目の前にこんなものがでんとあったら、食事どころじゃないかもねえ」

「そうなったら、居間で食べればいいさ」

贈答品の箱、海苔《のり》の缶、袋菓子の余りなどを久しぶりに取りのけ、手提げの紙袋につっこんで居間の隅にころがしたあと、あいたスペースに、四角い鉄とプラスチックの塊を慎重に持ちあげ、腰を下ろしたとき扉がこちらを向くように載せてみた。実際に置いてみると思った以上に高さもあるし、奥行きもある。食卓の脚も少々がたついているので不安は不安だが、いったん置いてしまうと、もう動かす気力はなかった。

「かなりでかいよ」

「おまえが持ち上げると小さく見えるがね」

「ひどいな」半分笑い声で息子は言った。

「欲しいと思ったこともないものが、いきなりあらわれると、どう振る舞ったらいいんだかわからないもんだね。坐《すわ》りが悪いっていうのか、べつに嫌いだとかそういうことじゃないけれど、うちはずっと、こういうのと縁なしで済ませてきたから。お父さんだって欲しがりもしなかったし」

複雑な表情でそう言う母親に、まあしばらくは様子見だねとその場は収めて、肥田さんは風呂を浴びた。湯船のなかでぼんやりしながら、たしかにうちの食生活は電子レンジとあまり縁がなかったな、とあらためて一家の暮らしを振り返った。父親も自分も飲むのはビールだけで、日本酒は冷やしかたしなまない。年末年始に客人があったとき一合徳利に入れた酒をストーヴのうえの鍋で燗《かん》をするくらいのものだった。お茶にしてもインスタントのコーヒーにしても、かつてはやかんでお湯をわかしていたし、ある時期からは湯沸かし式の電気ポットを使うようになっている。

料理の場でも、電子レンジの出番はなかった。煮物は鍋で、炒《いた》めものはフライパンでこと足りる。買いだめも作り置きも苦手な母親は、散歩と気晴らしを兼ねて、最低でも二日に一度はスーパーに出かけ、悪くなりそうなものからどんどん調理していく。通常の冷蔵で一日、二日もたないものは買わない主義なのだ。冷凍庫には、だから氷しか入っていない。電子レンジなるものが一般家庭に普及しはじめたころ、まわりの家の多くが競ってこのあたらしい家電を導入していくのを見ながら、じゃあうちもとは決して言わなかった。友人たちが学校に持ってくる弁当のおかずの種類が、へんに揃《そろ》ってきたのもそのあたりからだったろうか。

他県の営業所勤務から郷里に戻ってくるまでの数年間、肥田さんはひとり暮らしをしていたのだが、そのあいだにも電子レンジが必要だと感じたことはなかった。長丁場になる電気工事の現場では、プレハブの仮事務所のなかに常備されていたので、外回りのついでに立ち寄ったときなど、世話にならなかったわけではない。しかし、子どものころから使い慣れている連中の発想には、しばしば驚かされた。ただ温めるだけにしても、ひとによって使い方はじつにさまざまである。冷や飯をあたためる。缶詰の中身を出してあたためる。市販の弁当を開封せずにあたためる。カップ酒の蓋《ふた》をとってそのままあたためる。おなじ要領で、コップに水を入れて一杯分のお湯をつくり、そこにお茶のパックを投げ入れたり、インスタントコーヒーを溶かしたりする。とくに水をお湯に変えてからそこにコーヒーの粉を投げ入れるというやり方には衝撃を受けた。粉のうえにお湯を注ぐものだとばかり思っていたからだ。ポットのお湯がなくて困っているとき試してみたら、こちらのほうがずっと楽だったと当人は説明してくれたが、だからといって狭い部屋に持ち込む気にはなれなかった。風呂からあがり、もう母が灯りを落としてしまった台所の冷蔵庫を開ける。烏龍茶《ウーロン》を出してコップ一杯飲み干すと、ついさっき置いたばかりの、まだ空間になじんでいない直方体が冷蔵室のランプに照らし出されて、浮きあがってみえた。

翌朝、いつものように半分のテーブルで、すぐわきに陣取っている電子レンジを左手にちらちらと見ながら、肥田さんは母親と食事をした。ひとり暮らしをしていたときは、インスタントコーヒーにトースト二枚、ゆで卵一個という決まりきったメニューだったのだが、実家に戻ってからはずっと母親のつくる和食ばかりである。箸を使うとき、肥田さんは利くほうの左腕の肘を真横に突き出すくせがあって、それが今朝は隣の新顔に当たるような気がしてしかたない。妙な威圧感があり、自分たちのほうがここにいさせてもらっているような錯覚に陥ってしまう。電源コードをコンセントに差し込んでやれば、多少こいつの表情はやわらぐだろうか、と馬鹿な思いにとらわれる。母は母で、右肘の先にあらわれた珍客にまだ違和感があるようだ。

「夜なかに電灯の下で見るのと、こうやって窓から光が入ってくるところで見るのとでは、ずいぶん印象が変わるもんだね」食べ終えて片づける段になって母がぽつりと言った。「今朝のほうが大きく見えるよ。ひと晩で、なにか食べて成長したんじゃなかろうかね」

「まさか」

そう応《こた》えながら、じつは肥田さんもおなじことを考えていた。この家から三という数が消えて二になり、一になり、それから自分がまた加わって二に戻りはしたのだが、ペットを飼ったりしたこともないので、一よりも小さい存在を加えた雰囲気を知らずに来た。だからこの電子レンジが命ある闖入《ちんにゅう》者のようにも見えるのだ。職場の近くのコンビニで弁当を温めてもらう業務用みたいに、その場にしっくりと収まっている感じがしない。本来あるべき場所からひょいと飛び出してきて、しかも堂々とここに居座りつづけようといった顔つきである。だが、肥田さんはそこまで口にしなかった。早々に準備をして、また運転席側にだけ八十五キロ分の負荷を掛けた車を外に出した。

いったん会社に立ち寄り、先だって受注したあたらしい変電システムの保守契約書類を一式確認した。製材所の事務所へ顔を出すと、社員と変わらないスチールデスクのパソコンに向かっていた社長の日野さんがすぐにこちらを見た。はじめて会ったときと比べて、日野さんの人相はずいぶん変わっている。額が徐々に後退し、いまではほんのわずかになった髪も、大半は白くなった。中年過ぎまで東京の大手企業でばりばり働いていたとはとても想像できない風貌《ふうぼう》だった。

「また元に戻ったね」と日野さんが笑う。「いつだったか、三キロ痩《や》せたなんて言ってたような気がするけど」

「気持ちのうえでは痩せましたよ。気がするっていう言い方は、だから正解です」

「遠くからすぐにあなただってわかるのは、大きな武器だな。のしのし歩いてくるのが見えると、なんだか安心するよ。でも、そろそろ健康のことを考えないとね。また秋川さんと山歩きでもしたらどうなの？」

「最近はとんとご無沙汰《ぶさた》ですね。課長も外回りは下の者に任せるようになりました」

「そう？　でも半月くらい前に、一度、顔を出してくれましたよ、野菜持って。あなたが契約に来るから、よろしくって」

肥田さんは驚いた。昨日の晩、酔っぱらっていたせいもあるにせよ、そんな話はひとことも出ていない。

「秋川さんの方はますます細くなって、あなたがたはほんとに対照的だね。むかしのままだ」

日野さんと知りあったのは、もう何年前になるだろうか。課長は自宅に部下を呼ぶばかりではなく、仕事がらみではあれ、外へ連れ出すひとでもあった。忍足《おしたり》山の奥、高速道路が山肌を縫っているあたりに送電線の鉄塔が一列にならぶ区域があり、周辺の村々には許可を得て建てた電柱がずいぶんある。引き込み工事や保守の下請けで、まともな舗装道路もなかった時代から、課長は、言葉は悪いけれども自給自足の僻村《へきそん》をまわって電力供給に力を注いできた。一本気で半分思いつきみたいに見える交渉の仕方と、それを補ってあまりある行動力、近くへ来れば用もないのにかならず村の顔見知りたちに挨拶まわりする律儀さとのアンバランスが気に入られ、小さな酪農家から生みたての鶏卵や新鮮な牛乳を格安で分けてもらうようになって、いまもそれがつづいている。

課長は若いころの肥田さんを何度も山に誘っている。動かして体重を絞らせようという魂胆もあったようで、送電線や山道の電柱などの調査を目的としながら、うまくルートを逸《そ》れて旧知の農家を訪ねたりしていたのだ。二十年以上前のこと、休日返上の現地調査の最中、山道にある電柱の傾きをチェックしていたとき、どこから現れたのか、とつぜん、落ち着いた感じの中年男性に声をかけられた。

最近、遺産相続で思いがけずこのあたりの山の所有者になってしまったのですが、相続税を支払う準備の過程で、所有地のなかを走っている送電線の線下補償が支払われているかどうか、きちんと調べておくべきだと教えられたのです、と男性はいきなり話しはじめた。鉄塔の用地は基本的に買い取りになるのだが、線の下は地役権を設定して、その対価を電力会社が支払う。父親とはほとんど接点のない暮らしをしていたので、登記がなされているのかどうか、じぶんはまるで知らない。交渉次第でその対価の数字が大きくちがってくるとも聞かされていて、なにか動こうとすると、まわりからつまらない疑いをかけられそうな雰囲気になっている。父の代はともかく、自分はそういったことに関心がないので困惑しているのだが、見ておくだけは見ておこうと、今日はじめて地図を頼りにやってきた。車で動けるところは動いて、送電線なるものがどこを走っているのかを検分していたところ、いつのまにかひと山越えてしまったようで、途方に暮れていたらあなたがたの姿を見かけた。ヘルメットをかぶってらっしゃるので、そういうお仕事の方だろうと思って、つい声をかけてしまったのだ、という。

あまりにとつぜんのことだし、権利だの金銭だのに関わることを軽々しく口にするわけにはいかない。肥田さんは正直、どう反応するべきか迷った。ところが、課長はいつもの鳥顔のきつさをきれいに取り払って自己紹介し、一帯のメンテのために、現在目視調査をしておるところですと説明してから、車はちゃんとした道で停められたんですな、じゃあ、乗り捨てたところまでわたしどもの車でお送りしましょう、一本道のはずですからぐるっとまわればすぐですよ、と当たり障《さわ》りのないところから話に入っていった。まだ若かった肥田さんは、質問に答えることばかり考えていて、そういう自然な反応ができなかったのである。

車のなかで、その男性、つまり日野さんは、あらためて経緯を話してくれた。

「父親が、この辺りでそこそこの製材所をやってましてね」

「ああ、じゃあ、日野製材の」

そうです、と相手がうなずくのを見ながら、課長は肥田さんに向かって、国道沿いにあるだろう、春片《はるひら》の手前に大きな製材所が、と説明してから、そうですか、あの日野さんの、と言葉をついだ。

「以前、忍足山の北側の道路に、材木置き場をもっておられたでしょう」

「いや、どうも、そういうことすらわたしは知らんのです」

「若いころ、その材木置き場に電気を引く手伝いをしましたよ」じぐざぐにハンドルを切りながら課長が言った。

「そうでしたか。ここでお会いしたのも、なにかの縁ですね」

「かもしれんですな」

そこまでやりとりを聞いて、肥田さんはようやく思い出した。たしかに、切り出した数メートルの板が壁一面に立てかけてある、巨大なルーバーをつけたような建物が、忍足山のほうにあった。

「わたしは次男坊で好き放題にさせてもらっていたんです。東京の企業におりましてね、家族もみんな東京です。ところが、父親が死んだあと工場を継いでくれた兄が先だってころりと逝《い》きまして、なにも知らないわたしが残された。棚からぼた餅《もち》だなんて嫌みを言うひともいますが、どうでもいいんです、材木にも山にも興味は……あ、ここだ、この二股《ふたまた》です。それを左に入ったんです」

日野さんの指示どおり、二股を少し戻るようにハンドルを切って、山肌をぐるりとまわった。あのころはまだほんとうに山のなかだったのに、いまそのあたりは、石垣をやや高めに積んだ敷地のならぶ住宅地に様変わりしている。忍足山の反対側からの道路が整備されて一挙に交通量が増え、それにともなって宅地化が進んだのだ。

「ただ、兄がいなくなるのを待ってたみたいに、工場を取り壊してショッピングセンターを造らせてほしいとしつこく言い寄ってくる輩《やから》がいましてね。それもひとりふたりではない。どうも、わたしの推察するところ、一帯の政治に関わりのある連中が、国道沿いの土地を前々から狙《ねら》ってたようなんですな。それで腹が立って、つい、わたしが後を引き受けるから売るつもりはないと大見得を切ってしまった」

肥田さんは、この問わず語りにどう言葉を返したらいいのか、とまどうばかりだった。法螺《ほら》を吹いているようには見えないし、こちらからなにか有益な情報を引き出そうとしているわけでもなさそうである。課長は長すぎず短すぎずの相づちをうまく入れて話させながら、山道沿いに電柱を立てたり電気を引いたりする際、どこをどう通せば効率よくできるか、いま目視調査をしている電柱の使用料がどの程度のものかといったことがらを、すべて耳学問だと前置きしたうえで、ほんのうわっつらだけ、しかし嘘《うそ》はまじえずに話した。

確かなことは、妙な下心があったり、職務上の機密保持に抵触するようなことがらはいっさい付け加えなかったことだ。そのかわりに、あそこの岩場にはイワツバメが営巣《えいそう》しているから手を触れないほうがいいとか、あの裏手の沢沿いは地蜂《じばち》の巣があるところだから絶対に伐《き》るなとか、巨岩が見えるあの山は松茸《まつたけ》が取れるから人に教えないほうがいいとか、爺《じい》さんの代には炭焼き職人がこのあたりにいたらしいとか、工事の下見などで見聞してきた知識を世間話みたいに伝えたのである。

あとで知ったことだが、日野さんが製材所の借金を返済するため、山の一部を切り売りして宅地にする決断をしたとき、環境を壊さないことを第一条件に掲げて、それが人々に好印象を与えたのだという。利潤ばかり追っているわけではないところを、遠回しに見せることができたのだ。一帯の開発は順調に進み、山の元所有者は野心を欠いたまま、当時の地元紙によって「善意のフィクサー」と名付けられた。善意のほうだけ忘れられてフィクサーがひとり歩きしていると苦笑していた日野さんには、今以上に活力があった。ただし、肥田さんと日野さんとの関係が濃くなったのは、父が死んだのを機に出した異動願いが認められてまたこちらへ戻ってきたこの数年のことにすぎない。

「やるべきことを、すぐに片づけましょうか」

日野さんはまた笑みを浮かべ、肥田さんに背を向けて、応接室がわりの、しかしドアもなにもないただの休憩所みたいなコーナーに移った。お昼を外へ食べに行かない場合は、弁当や店屋物をとって、みなでいっしょに食べる。テーブルのうえはなにも置かれていなくて、書類をひろげるときにも重宝していた。すでに内容はチェック済みなので、署名捺印《なついん》だけをあっさりと済ませる。契約は二年。一年間の保守点検料はサービスし、二年目から月一度のメンテをおこなう。更新するかどうかは、そのあとということになるのだが、それはただの形式にすぎなかった。

大切な書類をファイルに入れてひと息つくと、日野さんみずから棚に置かれたポットのお湯でインスタントコーヒーをつくってくれたのだが、その横に、昨日の晩、課長からもらったのとそっくりな白い電子レンジが鎮座していた。周囲にものがないせいか、こちらのほうがずっと小さく見える。いつもなら目にも留めないその代物《しろもの》に、さすがに今日は引きつけられた。大瓶のネスカフェを溶いた液体に粉末ミルクと砂糖をたっぷり入れて音を立てないようそっとかきまぜ、すこし啜《すす》る。

「砂糖入れすぎじゃないかね。緑茶にしておけばよかったかな」

「いいえ、コーヒーのほうがありがたいです……」

飲みながら、ちらりちらりと電子レンジを見る。これまでいろんな場所で使わせてもらった電子レンジがみな操作しにくかったのは、スイッチ類をぜんぶ右に並べているからではないか、とふいに肥田さんは思った。ほんのわずかな身体感覚の差で機器とのつきあいかたが変わってしまうことはよくあって、そういえば母がテレビを熱心に見るようになったのはリモコンが登場してからのことだった。わざわざチャンネルを替えに行く手間がはぶけて楽になったのだろう。なぜなら、自分自身がそうだったから。重い身体《からだ》を動かさずにすむようになったばかりでなく、左手でチャンネルを操作できる喜びは、じつに大きかった。課長がこういう電子機器を買っては放り出すようにひとにあげてしまうのも、おなじ理由ではないか。

「疲れが残ってるようでしたら、休んでいってくださいよ。ずっと商談してたっていえばいいんだから。昨日もまた、秋川さんところで捕まってたんですか？」

「ご名答ですね。疲れてるのは、まあ、食べ過ぎたせいですけれど。じつは、これとそっくりなのを頂戴《ちょうだい》したんですよ」

「これ？」日野さんは指で確認した。

「ええ、電子レンジを」

「秋川さんに？」

「そうですよ」肥田さんはなぜか嬉《うれ》しそうに応《こた》えた。「いつもの持ってけ病で」

「うーん。それにしても電子レンジとはね」

「日野さんだって、なにか持たされたことがあるでしょう」

「若いひとたちが腕時計を押しつけられてるのを見たことはありますよ。でも、わたし自身は、経験ないな」

「それは、意外ですね」

一度や二度は、なにか語りぐさになるようなものをもらっているんじゃないかと思っていたのだ。

「いろいろ気を遣う方でしょう。やみくもに持ってけって言っているようでいて、たいていは余裕のない若手じゃないですか、選ばれるのは。肥田さんもそのひとりですよ。心配してもらってるって考えればいい」

「もう四十五ですよ。ひとり身なのは事実ですが」

「四十五ならじゅうぶん若手でしょう。もったいないね。秋川さんも、ほんとはあなたみたいなひとを、だれか女性に持ってけって言いたいくらいじゃないの」

「持って行くには体重がありすぎでしょうね」

課長がなんだかんだと心配してくれていることは、肥田さんも承知していた。奥さんからも言われたことがある。自分に対する励ましは、たぶん、課長自身の経歴ともおおいに関係があるだろう。肥田さんは勉強が「苦手」だった。「苦手」という言い方は、じつに便利で、しかも傲慢《ごうまん》だ。中学高校を通じて、肥田さんには「苦手」でないものなど、ひとつもなかったからである。勉強以外になにか標準以上の力をもっていれば、なるほどその分野だけはだめだと言い訳も立つだろう。肥満体で運動もだめ、人前に出るのも「苦手」だけれど、ひとりでじっとしているのもだめ、くわえて勉強もだめとなると、もう八方ふさがりだった。成績が許す範囲でもっとも近場にあった高校の商業科になんとか滑り込み、卒業後、理系でもないのにいまの会社に就職した。いや、したのではなく、できたのだ。推薦枠があったからである。型どおりの面接の場で話を聞いてくれたのが、人事課の強面《こわもて》ではなく、輪番のオブザーバーとしてたまたま参席していた秋川というひとだった。

「推薦状を拝見するかぎり、なかなかに優秀だね。でも、ここは電気や電器を扱う会社だから、会計やら簿記やらをやるわけじゃない。商業科を出ている人間でも、いちからやってもらうんだ、苦労するよ」

それから、家庭の事情で中学を卒業したあとすぐに働きに出て、古い言葉で言えば、丁稚《でっち》みたいな扱いを受けながらひとつひとつ仕事を覚えていった自身の経歴について、たのしげに語ってくれた。そして最後に、わたしにもできたんだから、きみにできないことはない、と人事担当者を差し置いてそう決めつけたのである。

「ところで、自分で書くほうの書類の特技の欄になにも書いてないのは、どうしてなの？」

「なにも、ないからです」と肥田さんは緊張しながら応えた。

「そういうときは、嘘でもなにか書き入れるものだよ。じゃあ、苦手なものはなに？」

「ぼくの苦手は、右手です」

「……？」

「左利《ひだりき》きなんです。苦手な手は、右手になります」

「なるほど、面白いことを言うねえ。苦手が右手か。じつはわたしも左利きでね。便利なことも不便なこともある。得意と苦手はくっつくなあ。でも、利き手の反対は何と言うんだろうか。利き手の逆は苦手でよかったかな」

　その場にいた者は、だれも答えられなかった。もちろん、肥田さんもだ。課長はいまだにこのときのやりとりをよく覚えていて、酒が入るとすぐ、肥田の苦手は右手なんだよなあ、と話しはじめる。体格はいいのに運動ができない、間を持たせる力はあるのに力仕事ができない、細かいところに気がつくくせに大きなところが見えない。

入社当初からなにひとつ進歩のないまま、こうして仕事をつづけてこられたのは、苦手の範囲を正確に読み取って、それをひとつずつつぶすような配慮をしてくれた課長のおかげだと、肥田さんは感謝していた。日野さんの言葉は、だから、すんなり胸に落ちた。そして、気にかけてくれていることと電子レンジを持って帰らせることはかならずしも結びつかないけれど、置き方を工夫すれば、使えなくもないだろう、と思った。

日野さんに頭を下げ、契約書類を大事に鞄《かばん》に収めると、肥田さんはまたのしのしと車に乗り込み、社に戻って課長に目で挨拶《あいさつ》した。素面《しらふ》の乾いた鳥顔に受話器を押しつけての、電話の最中だったのである。午後は日野さんのところと反対方向の、土地の低い川沿いにある砂土原のほうへ出向く仕事があり、ノルマを終えたときには、あたりはもう真っ暗になっていた。昼間の陽射《ひざ》しはけっこう強かったので太陽が落ちる直前まで汗をかいていたのだが、窓を開けて走っているとそれが一気に引いて、河岸段丘を渡る風に涼しさよりも肌寒さを感じるほどになっていた。肥田さんの巨体は、むしろすこし寒いくらいのほうが楽になる。ハンドルの下に突き出た腹部の重みさえ軽減されたような気がするほどだ。しかし調子に乗って走っているうち、今度は脂肪が冷えて動きが鈍くなってくるのがわかった。

昨日の夜とおなじ順序で車を入れる。朝、出て行くときともちがう音が車体を包む。ただいま、と引き戸を引いて、明かりの漏れている台所兼食堂に顔を出したら、母親が朝とは反対の席にぽつんと腰を下ろし、なにやらおいしそうに飲んでいた。

「おかえり。やってみたよ」

「なにを？」

「電子レンジだよ。ふたりで黙ってるのも気まずいから、コンセントつないで、牛乳あっためてみたのさ。案外、いけるじゃないか」

昨日、あるいは今朝方とはずいぶん様子がちがう。

「ひとりでやったの？」

「絵があったから、カップに牛乳入れてね、なかに皿があったのでそこに置いて、スタートってのを押した。そしたら皿がまわり出して、ピーって音がしてさ、急に切れた。あっと言うまだね」

「なるほど、立派なもんだ」

「おまえも飲むかい？　こんなもの、わたしだって久しぶりだがね、ほかにわかる絵がなかったから。お砂糖入れると、なかなかおいしいよ。お茶がよければ、お茶を淹《い》れるがね」

すこしためらって、じゃあ、俺も飲む、と肥田さんは言い、カップをだしてもらってそこにミルクを注ぎ、左手で扉を開けて真ん中にある耐熱の円盤にそれを置いた。扉を閉めて、ふたたび左手の指でミルクの絵が描かれているボタンを押す。母は、いったいどちらの手でボタンを押し、どちらの手で扉を開けたのだろう。ふたりで黙っているのが気まずいなんて、電子レンジ相手にずっとここにいたのだろうか。黄色い明かりがともると唸《うな》りながら円盤がまわりはじめ、数十秒経過したところで、母の言葉どおりピーと音がして止まった。左手でまた扉を開け、数秒の間をおいてやはり左手で取っ手を握る。まっすぐに湯気のたちのぼる牛乳の入ったカップを出すと、母親の対面の椅子にぎしぎしと音を立てて腰を下ろし、均一に温まって均一な味のするミルクを黙って飲んだ。昼間たっぷり砂糖を入れたから、ここは我慢しよう。それでも、ほんのりしたあまみが口中にひろがって、疲れが取れていく。苦手の右手に構えている闖入者《ちんにゅう》が、今度は朝より小さくなっている。それを言おうと正面に目を移したら、母の顔も、父が亡くなった日のように、マグカップで隠れるくらいに縮んで見えた。

なつめ球

頬にひんやりした空気のかたまりが触れたような気がして、少年は目を覚ました。なかば眠りに身体を浸している状態だから、四肢がしびれて動かないうえにまぶたが重く、ぼうっとしただいだい色の光がまつげの先にひっかかってさらに像を不鮮明にする。そのうちほんのすこしだけ視界が開けてきたので、あらためて目を凝らしてみると、孔雀《くじゃく》の羽の文様が放射状に宙に浮いていた。ああ孔雀だ、おおきく羽をひろげた孔雀、無数の目だ、と少年は思った。でも、それにしては黒い楕円《だえん》のならびが不揃《ふぞろ》いだし、ところどころ、縦横に走っているあの直線はなんだろう。

空気のかたまりはいま、頬のほてりで溶け出し、細い流れになって鼻腔《びこう》の奥まで入り込んでいた。それが気管を伝って、さらに肺の隅々まで行きわたるのが、ひとつの救いのように感じられる。やや意識が戻ったところで、少年は、自分の身体を包んでいるのがいつもの毛布ではなく、箪笥《たんす》のなかから久しぶりに引っ張り出したシャツみたいな、あるいは陰干しに失敗した洗濯物みたいな、どこかかびくさい布団《ふとん》であることに気づいた。目が開き、四肢のしびれが取れるにしたがってその布団が重みを増し、せっかくさわやかになった肺をじめっと押しつけてくる。

ここは、どこなのだろう。どうしていつものベッドに寝ていないんだろう。左に目をずらすと、孔雀の目を浮き立たせていた光の源は、四角いあんどん型の電灯の、小型電球であることがわかった。ぼくの部屋にこんな電灯はないはずなのに。そうか、ここはおばあちゃんの家なんだ、と少年はようやく理解する。ぽつぽつと散っている黒の目は、天井の板の節だったのだ。ところどころ楕円が刳《く》りぬかれて穴になっており、そこから鼠《ねずみ》かなにか、不気味な生きものの眼が光っているような気配である。なんだか怖くなって、少年はまた、薄ぼんやりした明かりのほうに視線を投げた。

「これはね、なつめ球って言うんだってさ、はじめて聞いたよ、おもしろいねえ。いつ買ったのかも覚えてないくらいむかしの電灯だけど、この球は一度も替えたことないもの、ずいぶん長持ちするんだ。点《つ》かなくなってはじめて、交換するもんだってわかったんだよ。ふだん切れないものが切れたりすると、縁起悪いっていうだろ？　下《げ》駄《た》の鼻緒が切れたり、しっかり縫いつけてあったボタンが取れたり。そういうのよりは、悪いことじゃないといいがね」

夕方、買いものに行って帰ってきたおばあちゃんは、出しっぱなしにしておいた、台形の脚のところに丸い穴があいている木の踏み台に乗って、年をとった自由の女神のようにやや不自由に腕を伸ばし、顔を真上にむけて慎重に球を交換しながら教えてくれた。

「名前なんてあたしは知らないもの、これこれこうだって、口でちゃんと説明できそうにないから、はずして持ってったんだよ。そしたら電器屋のひとが説明してくれたの。おまえは知ってたかい？」

「知らなかった」少年は、正直に答えた。

「紐《ひも》を引っ張ると、ちりちりかりかり音がして、それから点滅する蒼白《あおじろ》いのがグロー球、その隣にあるのがなつめ球。よく覚えたろう？　まったく、だれが考えたんだか、みごとに名付けたもんだね」

電球は電球でいいだろうに、そんなものにまで特別な名前があるのかと少年は驚いたが、驚いているふうには見えないよう、うまく取りつくろった。そもそも「なつめ」のなんたるかがわからなかったからだ。知らないことは、なかなか質問できない。小学校の高学年にもなれば、なにもかも知らないなんて許されない、知らないことはできるだけやりすごして、知っていることだけに磨きをかけようとするのは、ずるい大人のやることだ。それが珠算塾の先生の口癖で、それ以上つっこんだ説明も具体的な例もあげてくれなかったけれど、知らないのはあたりまえなんだから、それを素直に認めて穴をひとつずつ埋めていき、そのうえでとくに面白いと感じたもの、好きだと思ったものに力を注ぎなさいという意味なのかな、と少年は解釈していた。願いましては、二十円なり、五十八円なり、百二十七円なり、二百二十五円なり——、お経みたいなリズムで読み上げるのとかわらぬ声と抑揚で、先生は最後にかならず、知っていることだけを得意げに質問するようになった者は、だからみんな大人なんだよ、と落ちをつけるのだった。でもおばあちゃんは知らないことを質問するだけでは足りずに、現物を持って行った。大人になるのを、やめて。

「こちらのグロー球ってのは、蛍光灯を点けるのにいるんだって。いずれ切れるから、いっしょに買っておいたらどうかと勧められてね、勉強させてもらったよ」

でもそれは、買わされたってことじゃないか、と少年はやや疑問に思った。おばあちゃんは孫の胸のうちを読んだように、なつめっていう木があるんだ、と言葉をつづけた。

「なつめの実は、このくらいの、ほそながい、卵みたいなかたちさ、赤くなって、黒くなって、乾いて皺《しわ》ができる。飴《あめ》にするんだよ、嘗《な》める薬になる。漢字で書くとむずかしいんだ。むかしはおばあちゃんにも書けた。そういう名字の友だちがいてね。賀状のやりとりをしてた。三十年もまえに。でももう忘れちゃったよ、字引も引けないような目じゃ、こまかいところがどうなってるのかわかりゃしないし、まだ電球が見分けられて幸せってくらいのものだね」

珠算塾の先生に口癖があるように、おばあちゃんにも独特の節まわしと決まり文句があった。あたしには、人間が作ったものでなければ、たいがいのことは見当がつく、というのがそれで、へんによじれた言いまわしだったけれど、要するに、自然のなかにあるなつめは、おばあちゃんにとって、ひどく親しいものではないにしても、見当のつく範囲に収まっていたのだろう。ただし、少年は、どちらかというと人間の手の入ったものとのつながりを好んだ。自分にとってそれが新奇に映れば、まずはあたらしくてめずらしいものとして心惹《ひ》かれた。

母と暮らしているマンションの照明は、すべて壁にスイッチがある白熱灯で、電灯本体から紐が垂れ下がっているような仕掛けはなかった。蛍光灯の輪がふたつ重なっているだけでも新鮮だったのに、内側に種類のちがう電球がふたつあって、しかもそのうちのひとつに植物の名前が付いているというのだ。どちらと先に出会うかで、

「なつめ」という言葉の色や形や音の雰囲気は変わってしまう。現物を知っていて電球に出会ったおばあちゃんと、電球のほうに興味を抱いてからもとの形にさかのぼった自分とでは、世界の見方がちがってくるだろう。そして、そんな些細《ささい》なことから世界が変わるかもしれないと考えた自分自身が、大人に一歩、あるいは半歩くらい近づいた気がしていた。

何時なのかな。枕もとに目覚まし時計は置かれていない。簞笥のうえの柱時計は、薄暗がりのなかでかちかちと振り子の音を伝えてくるだけで、肝心の時間を教えてはくれなかった。布団のなかからでは簞笥の角が邪魔になって、文字盤の半分ほどが隠れてしまう。どちらにしても朝はおばあちゃんが起こしてくれることになっているので、目覚まし時計は必要ないし、隣の部屋であの手巻きのベルが鳴れば、ふすま一枚隔てたこちらにも、ほとんどおなじくらいの大きさで響くだろう。頭が、重い。腰と、膝《ひざ》が痛い。枕もとを流れていく冷気が心地いいのは、まだ熱がある証拠だ。

急に寒気がして身体が重くなり、おばあちゃんの声が耳の横をすり抜けて意味にならなくなったのが、夕食を済ませてお風呂に入ったあと、八時をまわったころだった。ご飯とお味噌汁、ブリの照り焼き、マカロニのサラダ、お新香《しんこ》。どこでも好きなところへ連れていってやると張り切るおばあちゃんの言葉を真に受けて、何日か思いつく限りのことをさせてもらったのだが、この町で遊べるような場所がそうあるわけでもなく、地元でいちばん大きな本屋に行ってもぱっとしないし、公開中の映画も観《み》たものばかりだから、数日でもう飽きてしまって、あとはおとなしく宿題をしたり、テレビを観たりして過ごしていた。

最初にぐあいが悪くなったのは、おばあちゃんのほうだった。胚芽米《はいがまい》を何割かまぜた米を三食きちんと食べ、おかずの塩分は控えめで、間食だってほとんどしない。ひとり暮らしだから、分量だってすくない。そういう生活を律儀につづけてきていて、やむを得ず外食する際はたいてい蕎麦《そば》屋、そのうえ夏でも温かい蕎麦しか口にしないようなひとが、食べ終えると皿にべったり油が残っている味の濃い洋ものの好きな子どもにつきあうのだから、胃がおかしくなるのも当然だった。

そもそも朝食からして無理があった。なにか食べたいものはあるかという言葉にあまえて、パンと牛乳とコーンフレークなどと贅沢《ぜいたく》を言ったものだから、おばあちゃんは少年が着いたその夜のうちに、スーパーでたくさん買い込んできた。ミルクをかけたコーンフレークを、こんな鳥の餌《えさ》みたいなものは食べたことがないよ、とはじめは敬遠気味だったのに、ひとくちふたくち試してみて、おいしくないことはないねとおばあちゃんは意見をかえ、そのあとすぐ、スプーンを持っていない左手で口を隠し、頬をすぼめたりふくらませたり妙な顔をするのだった。舌の先で、歯の裏に張り付いたシリアルを取り除こうとしているらしい。少年がじっと見ているのに気付いておばあちゃんは顔を赤らめ、爪楊枝《つまようじ》を使えばよかったね、面倒がっちゃだめだ、お行儀の悪いところ見せてごめんよと謝った。慰めるでもなく少年は、母さんもおなじことするよ、と言ってみた。

おばあちゃんはますます頬を赤らめて、そうなの？　しようがないねえ、お母さんもおなじことするの？　と笑い出し、ひとしきり笑ってからもとの表情よりほんのわずか頬骨のあたりをひきつらせて、子どもはね、親を見て育つんだよ、あたしがいい加減なことしたから、おまえの母さんもそれを引き継いだのさ、と言った。

少年はあわてた。お母さんを見て育っているのだから、自分もいつか、こんなふうに歯にこびりついたり歯と歯のあいだに挟まったものを取り除くのに、舌の先を使うようになるかもしれない。というより、じつはもう、給食でなにかのごま和《あ》えが出たりするとそのごまがよく歯と歯のあいだに詰まるので、舌先に力を入れて取り除く技はこっそり磨いていたし、口をゆすいだりしてもだめなときには、両手で口を隠すようにして爪の先でかりかりむしりとったりしているのだった。

それを見透かされたようで、少年は恥ずかしさを感じるより先になぜか憮然《ぶぜん》としてしまった。その後もおばあちゃんは、いろんなメニューで爪楊枝を使った。ハンバーグ、カレー、ミートソースのスパゲッティ。少年の好みにあわせ、外で食べ慣れないものばかり口にして、あたしは歯ならびが悪いんだよ、許してね、と言い訳しながら、そのたびに口腔に生じた問題を両手のマスクの裏で解決していったのである。

五日ほどで、おばあちゃんはぐったりしてしまった。外に出ればふだんより歩く距離は長くなったし、孫になにかあったらという気疲れもあったのだろう。少年の母親、つまり娘のことも胸に引っかかっていたにちがいない。記憶にあるかぎりもっとも疲弊した様子の母が、仕事から戻って来るなり、きつい表情で、ねえ、おばあちゃんとここに、ひとりで、しばらくいてくれる？　と言ったとき、少年は、たぶんそういうことだろうと察していた理由については問いたださず、わかった、と答えていた。母親はそのまま、半泣きのような顔で受話器を握ると、もう三年ほど電話でしか連絡をとっていないじぶんの母親に、何日か、もしかすると学校がはじまるまで、あの子を見ててくれない？　よく言い聞かせておくから、とひと息に話した。どんな反応が返ってきたのか、少年にはわからない。でも、流れはもう引き戻せなかった。

当日、母は息子をひとりで電車に乗せた。電車の乗り降りには慣れているし、車掌に頼んでおけばまちがいはなかろう。乗り換えは一回だけなので、本を読むかゲームをしていれば数時間で目的地に着いて、ホームにはおばあちゃんが立っていてくれるはずだ。移動に関しては、少年のほうも特に不安はなかった。それより、大きくなった自分をすぐ認識してもらえるかどうかが心配だった。おばあちゃんの顔は覚えているし、電話で話しているから声もわかる。写真はときどき送っているけれど、小学四年生になったいまでは、もう背丈から何から印象があまりにちがっているだろう。最後に家族で遊びに行ったのは小学校一年生の夏のことだった。あのときも母と父はなんだかきりきりとした感じで、休みを田舎で楽しく過ごすという雰囲気ではなかった。いまおばあちゃんが寝ている部屋で、親子三人、何日か過ごしたのだが、ふだんはあまり話に出ない遠い田舎町へ、まさかひとりで来ることになるとは想像もしていなかった。

おじいちゃんは少年が生まれるはるか昔に亡くなっていたので、母方の親戚《しんせき》はこのおばあちゃんしかいない。それなのに、友だちの家が毎年繰り返しているお正月やお盆の帰省はしない家だった。母が乗りものと人込みに弱く、長距離移動の苦行に耐えられないというのが表向きの理由だったけれど、どうしてあんなに実家を避けていたのか、ほんとうのところはよく知らない。いずれにしても、少年にとって、今回が生まれてはじめての、たったひとりでの外泊だった。

近所の友だちの家で、お泊りしてもいいわよ、と突然誘われたのは幼稚園のころだった。どんなに親しい友だちの家でも、ひとりで泊るのはいやだった。眼を覚まして最初に立ちあがってくる光景が、寝入る直前に見たそれとわずかでも異なると、はげしい不安に襲われていたからだ。寝返りを打って右と左が逆になったり、ひどい場合にはベッドに潜り込んで丸まっているうちに頭と脚がひっくりかえって、あるはずのない窓が迫っていたりする。そうなると少年はいつも、大声を出して母親を呼びたくなるくらい動揺した。ホテルでもキャンプ場のテントでも通学のバスでも、眠りの前後の風景のずれにおびやかされていたのである。

でも、今日はなぜか平気だ、と少年は思った。驚かないし、怖くもない。成長したからなのか、昼間のおばあちゃんの話が頭のなかでぐるぐる回っているからなのか、それとも熱のせいなのか。喉の渇きを覚えて、節々の痛みをこらえながら半身を起こし、水差しの水をコップに移して、ひと口、ふた口、それから一杯分をすっかり飲み干すと、また汗のにおいのする布団にもぐりこむ。さっきまでかさかさに乾いて皮がささくれ立つようにはがれかけていた唇にちょっとだけ湿り気が戻り、そこに冷たい空気がふたたびあたって熱が奪われていくのがわかる。仰向《あおむ》けになって、四角いあんどん型の電灯のなかのなつめ球が放つ薄い光の暈《かさ》と、そのむこうの天井板に散った孔《く》雀《じゃく》の目を見あげる。なつめ、七つ目、孔雀の目。やがて訪れた眠りが、眼を覚ましていた時間とどんなふうにつながり、どんなふうに切れているのか、少年にはもう理解できない。けれど、七つの目には、覚えがあった。おばあちゃんがなつめ球と言ったとき、思い出せそうで思い出せなかったのはこれだったのだろうか。

あの春の日、見物客の姿はほとんどなかった。父の仕事は水曜日が休みだったので、朝、とつぜん思い立ってどこかへ遊びに行こうなんて言いだすと少年は学校を休まなければならず、友だちといっしょに遊びたいという気持ちと、父と出かける喜び、そしてそれに倍する気詰まりの同居した奇妙な感覚のなかで心は揺れたのだが、母にしても頼りにされているパートの仕事を急には抜けられないので、その日に外出しようとすると、どうしても父とふたりきりになってしまうのである。よし、動物園に行くぞ、公園に毛の生えたみたいな飼育舎じゃなくて、ほんとの動物園だ、いろんな動物がたくさんいる、そうだな、電車で行くか、そのほうが便利だから、と父親は息子の手を引いた。

アフリカとおなじくらい遠いところにあると思っていた「ほんとの動物園」が、じつは父の会社の近くにあり、定期券が使えて交通費を浮かせられたこと、車を使わなかったのは園内で酒を飲むためだったことなど、当時は知るよしもなかった。

弁当はお寿司でいいか、お寿司でいいよな、じゃあお寿司にしよう、と父は勝手なやりとりをし、最寄り駅の前にあるチェーン店で、息子用にお稲荷《いなり》と太巻きの詰め合わせを、自分には握りの上等なものを買って、ついでに隣のコンビニでお茶とカップ酒をいくつか仕入れた。ほんとうのことを言えば寿司でないほうがよかったし、飲みものを買うためにコンビニに寄るなら、そこでお弁当を買ってもよかったはずなのに、文句は言わなかった。なにかしよう、やろう、と父が言うときには、もう引き返せないからだ。

動物園は驚くほどひろく、驚くほどさみしかった。いくら日曜日でないからといっても、不気味なほどの静けさで、竹箒《たけぼうき》を持った掃除のおじさんの、舗装された通路を掃き清めている音が、シャーシャーと増幅されながら遠くまで響き渡っている。動物たちの間遠な鳴き声がそれに混じるだけで、子どもの姿はどこにもなかった。こいつは貸し切りだな、ぜんぶ俺たちのものだ、楽しもうな、とご機嫌な父に手を引かれるまでもなく、少年は夢中で歩いた。水族館も爬虫類館《はちゅうるいかん》も植物園も隅々までながめ、椰子《やし》の木が植えられた濠《ほり》のある大型動物の飼育舎のまえで長居して、動物との空想の距離を縮めた。

腹減ったろう、おれは、腹減ったな、どこかに座って寿司食うぞ。父がそう宣言するまで、少年は自分もおなかが空《す》いていることに気づかなかった。お弁当を持ち込んだりする見物客のために設けられた休憩所の、木のテーブルにそれをひろげて、通路のむこうの、ツル園の檻《おり》を視界に収めながら食べた。うまいか、と聞かれたら、すぐに、うん、と答える準備をしていたのだが、そういうときに限って父はなにも訊《たず》ねない。半分ほどをひと息に片づけると、あとは酒を飲みながら一個を半分ずつもったいなさそうに口に入れる感じで、息子のパックに入っていた生姜《しょうが》をくすねてそれをつまみにしながらまたカップ酒を空けていく。

「どうした？　元気ないな、疲れたか」父は晩酌をしているときの口調で言った。「卵を食え、卵焼きなら大丈夫だろ。お父さんが小さかったころは、体力つけるために、鶏の生み立て卵をごくんと飲んだもんだ、黄身のたっぷりふくらんだ卵をご飯にかけて食べれば、すぐ元気になる。卵は栄養満点なんだ。さすがにダチョウの卵は食べたことないけどな、雉《きじ》や孔雀ならあるぞ」

「雉や孔雀の卵？」

「そうだ」

「動物園のひとに、怒られなかった？」

「動物園で買うんじゃない。ちゃんとした農家で飼ってるところがある。そこで譲ってもらうんだ。大きいぞ、孔雀の卵なんて、鶏の十倍くらいあるな」

「どんな味？」

「卵の味だ、鶏のな」

「じゃあ鶏の卵を食べればいいのに」

父は大声で笑った。

「そのとおりだ。新鮮なやつなら、鶏の卵のほうがいいかもな。でも、一個で十個分あれば、みんなで楽しめる。腹一杯になる」

「大きな卵はないけど、今日は楽しいね」と少年は言ってみた。

「そりゃあ、よかった」

「もっと楽しいといいね」

父親は煙草《たばこ》を取り出して火をつけ、すでに空けたカップを灰皿代わりにして灰を落とした。たちのぼる煙に酒のにおいがまじって、なまぐさい感じがする。

「楽しければ楽しいほどいいさ。お父さんも賛成だ」

「お母さんも、来られるとよかったね」

「お母さんがいたら、もっと楽しいか？」

「もっと楽しい」

「……お母さんには、仕事がある。今日は楽しいって、さっき言ったろう?」

「うん、楽しい。でも、もっと楽しいほうがいい」

父はそこで、少年が残した太巻きをつまんでぽいと口に投げ入れると、お茶でも飲むみたいに酒をごくごくと流し込み、いったい何本買っておいたのか、ビニール袋からまたひとつ取り出してぱかりと蓋《ふた》をあけた。夜とおんなじだ、と少年は不安になる。怒鳴ったりしたらどうしよう、このまま椅子のうえで眠ってしまったらどうしよう。カップをあおるペースがだんだん速くなり、顔が茹《ゆ》で蛸《だこ》よりも赤くなって鼻先に脂《あぶら》汗《あせ》がにじんでくる。それはもうすぐ倒れるという合図だった。

友だちのことや勉強のことは、電車のなかで細切れに話してきたから、話題は尽きていた。会話が成り立たないまま時間ばかりが過ぎ、やがて父は、うつろな目で、すこし休憩するぞ、お父さんは休むから、ちょっとだけ待ってろ、遠くへ行くな、近くにいろよ、しばらくしたら起こせ、と言ってごろんとベンチに寝ころび、すぐにいびきをかきはじめた。

木立ちのなかの順路を、老夫婦が肩を寄せて歩いていく。そこに腰を下ろしてから目にした、最初の通行人だった。屋根付きの休憩所にいる妙な親子連れにちらりと視線を送りはしたものの、彼らはべつに怪しむふうでもなく遠ざかっていった。あんなに心細かったことはない。父さんといっしょにいるのに、ひとりでいるよりさみしいなんて、ぜったいおかしい、なにかまちがってる。でも、その眠りは演技ではなかった。夕食後の光景として日々見慣れているものだったし、こうなると母も押し黙ってなにも言わなくなるような、酔っぱらいというよりも、まわりを完全に遮断した一種の引きこもりに近かった。母と言い争ったりするとたちまち杯をあおるペースがあがり、ばたんとその場に倒れ込む。揺すっても、叩《たた》いても、抓《つね》っても起きなくなる。母は言葉を失い、息子はひとり取り残された。親子三人でいるのに、どうしてひとりのときより心細いのか。それとおなじ思いを、動物園の休憩所で味わっているのだった。

休憩所は順路より一段高いところに設けられていて、そこにあがるステップの脇《わき》に、大きな丸い時計があった。父親が寝転がってから、十分がたち、二十分がたった。土気色をした顔で、口を開けたまま、これもまた珠算塾の先生が、べつの塾通いに疲れて机に突っ伏している連中を指してよく使う言いまわしの、その「死んだように寝ている」父親を、少年は揺り起こすことができなかった。酒を飲んで倒れている父は、ふだん目立たない髭《ひげ》が濃く吹き出してくるみたいに顎《あご》が黒々と尖《とが》り、目尻《めじり》から頬にかけてうっすらと脂が浮いてはじめる。ふだんどんな状態なのかを知らないひとが見たら、行き倒れになっているのではないかと思うだろう。

遠く離れてひとりで見物をつづけるのも怖かったから、少年は、命令どおり、目を覚ました父親の視界に入る範囲内でだけ動くことにした。子どもから目を離さないようにするのは、親の義務だ。でも、それができない親なら、子どものほうに親から目を離さない義務がある。少年はそんなふうに強がって、ツル園のなかの鳥たちの群れをずっと眺めていた。

数字の4にそっくりなほそい脚の交響楽。珠算塾の教室の隅には、頭の体操になるという古いおもちゃが箱ごと置いてあるのだが、少年はそこからときどき知恵の輪を持ち出して遊んでいた。鳥たちの脚の動かし方、畳み方を観察していると、それらが次第に外れそうで外れない円や四角や三角の知恵の輪に重なってくる。どうしたら結びつけられるのか、どうしたら組み合わせられるのか、そんなことばかりに気を配っていると、反対に、外し、崩すことのほうが先決の知恵の輪に、一時の安らぎを見出《みいだ》すのだった。とりあえずは、ふたつを引き離せばいい。すでにある関係を崩すことに集中していればいいなんて、これほどありがたい遊びはない。

なかなか動かない鳥たちのかわりに、自分の位置を移動させると、重なりぐあいが変化して、脚の図形がまた変わる。すこしずつ横に動いて、インド孔雀のまえに来たその直後だった。サファイア色の身体からとんでもない大きさの羽がひろがり、見えない騎士たちが青い鞘《さや》の剣をいっせいに突き出したのである。無数の目が空をさえぎり、妖気《ようき》が少年を襲った。思わず後ずさりして、勘違いしないで、なにもしないよ、卵は取らないよ、と心のなかで言う。孔雀は羽をひろげた状態で、じりじりと寄ってくる。目玉がどんどん増えていく。一つ目、二つ目、三つ目に四つ目。家の裏庭にある竹の細工は四つ目垣。五つ目、六つ目、七つ目。学校の先生が読んでくれた『坊っちゃん』という物語を書いたひとのことを、友だちは「ななつめそうせき」と言いまちがえた。八つ目はうなぎ、でもうなぎの仲間じゃないと鰻《うなぎ》屋の同級生が怒っていた。九つ目。ここまできたところで、少年は十を使った数え方がわからなくなる。父さんに聞いてみようと振り返ったら、そこにスケッチブックを持った老人が立っていた。

「みごとな羽でしょう？」

一拍置いてから、はい、と少年は答えた。

「雄が雌を誘うときにだけ開くんだよ。いまの季節しかやらないことだ。きみは運がよかったね」

じゃあぼくは孔雀の雌とまちがわれたのだろうか。少年は運のよさを喜ぶより、そちらのほうを残念に思った。

「今日は、学校、休み？」

「休みじゃないけど、休みました」

「そう。どこから来たの？」

「笹川です」

「ああ、笹川ね。よく知っているよ。ひとりで来たの？」

「お父さんといっしょです。あそこで寝てます。疲れて」

「おやおや」老人は少年が指さしたほうを見て、驚いたような、呆《あき》れたような、自分でも調整できない複雑な顔をした。

「どこか悪いの？」

「眠いだけだと思います」

お酒を飲んでいることは、黙っていた。

「なるほど」老人はもう一度休憩所のテーブルのほうに目をやった。「今日はこんなだから、迷子になる心配はないかもしれないけれど、広いからね、ぐるぐるまわっているうちに、自分がどこにいるかわからなくなることがある。お父さんから離れちゃだめだよ」

それに返事をしたのかどうか、少年にはもう記憶がない。サファイア色の剣の舞いは閉じられて固く締まった肉を包み、一片の隙《すき》もさらさなかった。青の宇宙が爆発して、すっと縮む。そんな印象で、しばらくのあいだ青と黒の目だけそこから切り離され、宙に浮かんでいた。父親は目を覚まさない。しかたなくまたテーブルに戻って、ベンチに仰向《あおむ》けに寝転がっているうち、少年はいつのまにか眠りに落ちた。名前を呼ぶかすかな父親の声と肩の揺れに反応して目を開けると、休憩所の、バンガロー風の屋根の裏に張られている板の節目が、ぜんぶ自分のほうを向いていた。ここはどこなんだろう、どうしてこんなところにいるんだろう。寝ぼけた頭で必死につじつまを合わせようとしていたときの焦《あせ》りが、まだ身体の隅に残っている。屋根はあるものの屋外で、シーツも毛布もなしにひっくりかえっているなんて想像もしなかったからだ。襖《ふすま》を透かして、男のひとのしわがれた声がする。だいぶ年をとっている声だ。おばあちゃんの声がそれに重なり、助かったよ……あんたのとこにあって……不憫《ふびん》でねえ……そう……いつになるか……むかしのまま、好き放題で……と脈絡のない合いの手が入る。ふたりの話し声で目を覚ましたとき、頭はまだぼうっとしていた。自分を見下ろしている節目が、孔雀《くじゃく》の羽の目でも動物園の休憩所の屋根裏でもなく、おばあちゃんの家の天井板であることはもうわかっていたけれど、激しい喉《のど》の痛みと、乾燥して切れてしまった唇の端の痛みで、ああ、風邪だったんだ、熱があったんだ、と思い出した。やっと口に合うものを食べたせいか、おばあちゃんは昨日の晩からとても機嫌がよくて、身体も動くようだった。

頭が痛い、膝《ひざ》が痛いと訴える孫の額にてのひらを当て、ああ、熱い熱い、測ってみようかとつぶやき、鏡台の引き出しから体温計を取り出してくると、少年のまえで神主がお祓《はら》いをするみたいに、ぶんぶんと風を切りながら腕を振った。なにごとかと少年は呆気《あっけ》にとられ、脇の下に入れなさいと差し出されたガラスの棒を見つめた。体温計だよ、とおばあちゃんは言う。少年は、ボタンを押すとちいさな窓に液晶の数字がならぶものが体温計だと思っていたのだ。ガラス製で、なかに銀色の液体が入っている。先っぽの銀色が脇に当たるように差し込むと、一瞬、ひんやりしてくすぐったかった。脇をしめているうちガラスはあたたまって気にならなくなったけれど、何分たっても音は鳴らなかった。たしか五分計だったからね、とおばあちゃんは時計をにらみ、時間が来たところで引き抜かせた。

「八度五分。ああ、目の端が腫《は》れて、唇の皮がささくれだってる。喉は痛いかい？」

「痛い。膝も」素直に少年は言った。

「肘《ひじ》のうえのところと、腰も痛いか？　そうかね。だったら、お母さんの小さいときとおんなじだ。水分をとって汗出せば、たいてい一日でよくなる。子ども用の熱冷ましはないし、この時間じゃ薬屋もしまってるからねえ……そうだ、ちょっと、待って手ぬぐいを絞って少年の額に乗せると、おばあちゃんは外へ出て行き、十分もしないうちに戻ってきた。

「お隣に薬をもらってきたよ、小児用の解熱《げねつ》剤。いくら身体が大きくなったって言っても、まだ小児科なんだからね」

ご飯の残りでひと口大の塩にぎりを作って、おばあちゃんはそれを無理に食べさせ、錠剤を飲ませてくれた。隣の部屋の声の主は、昨日の晩その薬をくれたひとらしい。でも、お母さんとちがって熱はすぐに下がらないようだ。せっかくの親切を無にしたようで、申し訳ない気持ちになる。

「があっとあがった熱が急に下がっちまうような薬は、強いってことだよ、なるべく穏やかなものがいいって若先生も言ってたからなあ」と男の声が言う。

「そりゃあそうだけど、だいじな預かりものだしねえ、年寄りが食べるようなものを食べさせちゃいけなかったかもしれないね、晩ご飯のあとおかしくなっちゃったからさ、疲れてるんだったら、牛肉でも食べさせりゃよかった」とおばあちゃんの声が応じる。

「そういや、似たようなことがあったなあ、娘さんが三つか四つかのときに、あんたの旦那《だんな》が夜中にどんどんうちの戸を叩いて、冷蔵庫に氷があったら分けてくれないかって。ついでに頓服《とんぷく》あるかって真っ青な顔でさ。富山の薬でよかったらって、あげたことあったよ」

娘さんて、お母さんのことかな、と少年はそこにだけ敏感に反応した。

「土曜日の夜で、次の日も医者が休みだっていうから、女房が心配して実家から——」

「そうだった。ああ、卵だよ、生まれたての、孔雀の卵だって言ってね、びっくりしたわあ。鶏の何倍あったかしら、あたしは孔雀の卵が白いなんて想像もしなかったよ、もっと派手な色だとばかり思ってたから」よほど鮮烈な思い出なのか、おばあちゃんは明るい艶《つや》のある声を発した。「食欲がなくて、なんにもいらないっていうのに、奥さんが教えてくれたとおりに大根すって、熱いご飯にかけて、そのうえに卵落として、お醬油《しょうゆ》かけてやったら、まあ、よく食べた。あのときも熱が出た翌日だったたねえ」

孔雀の卵って、父さんに聞いたんじゃなかったかな？　と少年は朦朧《もうろう》としてくる。母さんはそんな話、一度もしてくれたことがない。

「もう何年になるかな、ずいぶん年をとった。あんたもよく頑張って育ててきたよ、どういう事情があるかは知らんが、生きて連絡があるだけでもよしとするのがいい」と男の声がつづいていた。「孫とおなじくらいの年だったろ、あんたの旦那が……」

男のひとはずいぶんこの家のことに詳しいらしいし、おばあちゃんとも親しいようだ。ほんとうの祖父母みたいな口ぶりである。

「悪いところが伝わっていくのは、あたしのせいばかりじゃないだろうけど、さみしい思いをさせてきたのはまちがいないね。お父さん子だったから。雀荘でもパチンコ屋でも、どこいくにもついて行ってさ。お父さんから離れちゃだめだよって、何度言ってきかせたことか……」

母さんが、熱を出した子どものころの母さんが食べたのは、孔雀の卵だったのか、鶏の卵だったのか、おばあちゃんの話からはよくわからない。卵を食べれば熱が下がるってほんとうだろうか。高熱でおなかが痛いときに生卵なんて食べたら、余計に具合が悪くなりはしないだろうか。なつめ球とおなじくらいの、うずらの卵なら大丈夫かもしれないけれど、体調万全のときでさえ腹一杯になる巨大な卵を食べたら、おばあちゃんが心配するよりはるかに危ないだろう。卵を食べていたのに、母は母の父親を失い、大きな孔雀の卵を食べたことがあると自慢していた父も、数年まえ、まだ動物園と聞いただけで平気で学校を休めるくらい幼かった少年のまえからいなくなった。音が、声が、遠ざかる。目がかすみ、天井板のまっすぐな仕切りが波打って、ぜんたいがこちらに下がってくる。大きく息を吸うと、唇の端がまたぴきんと切れて血がにじみ出した。鏡に映したらきっと真ん中が白く毛羽立っているだろう舌でそれを嘗《な》めてみると、鈍く、重く、ちょっと石油くさい金属の味がする。どこかで一度、体験したことのある味だが、少年にはそれがいつまでたっても思い出せなかった。

方向指示

仙女の松本だって？　と三郎助《さぶろうすけ》さんはとつぜん苦々しげな口調になってわざわざ斜めうえに顔を持ちあげ、鏡のなかのではなく鋏《はさみ》と櫛《くし》を手にした生身の修子さんに言葉を返した。ちょうど髪を櫛でぴんとひっぱり、左手の人差し指と中指でそのわずかに残る白髪をはさんで、むかしの洗濯機のローラー式脱水機みたいにきゅうとしぼりあげ、第二関節よりうえにとびだした部分を右手の鋏でシャキシャキと刈っている最中だったので、ほらまた、動かないでください、ただでさえ貴重な髪なんだからと修子さんに叱《しか》られつつも、これだけは言わずにいられないという勢いである。

「冗談じゃない。子ども時分からのなじみだがね、あれはまったく意地のわるい女だよ」

「あら、幼なじみだなんて、はじめて聞きましたけれど」

べつの区域に枯れ草のように残った髪を引っ張りながらもちあげて、修子さんが言う。

「むかしから知ってるってことだよ、親しいわけじゃない。忘れもせん、まだ贅沢品《ぜいたく》だったバナナをまわりに見せびらかすみたいに食べて、指をくわえてるガキのほうへ皮だけぽいと投げてよこすような女だった。親父《おやじ》がこのあたりの豪農で、どういうからくりだか畑地をどーんとつぶして進駐軍に使わせてたんだ。野菜なんて食わせ放題。そのお返しに見たこともないようなあちらさんの食べものを譲ってもらってたんだろうな。それを娘が持ってきて、わざわざひとがたくさんいるところで食う。こっちをじっと見ながら、なめて、かじって、かんで、あじわって、ごくりと飲み込む。わしらはそういう個別の動作ができなくなってるくらい腹を空《す》かせてたから、かんだ瞬間にもう飲み込んでたんだよ。当時あんなふうに時間をかけて食べてみせる子どもはいなかったね。そりゃあくやしかった。食いものの恨みといやそれまでだが、松本の娘が仙女なんて、冗談にもほどがある」

修子さんは鋏を動かす手を止め、鏡のなかにすこし目を泳がせたあと、それ、うちのおじいちゃんと遊んでたころの話ですか、と尋ねた。三郎助さんは総入れ歯にしたばかりで、以前より明瞭《めいりょう》にしゃべっているかと思うと、急にふにゃふにゃした音を出す。顎《あご》の回転と舌の感覚がまだうまくあわないと言うのだが、鏡に向かって声を発しているので、よけい音がこもって聞き取りにくい。

「そうだよ、武雄さんだって、いろいろ見せびらかされて腹立ててた口だ」

三郎助さんは修子さんの祖父より二つ年下になるので、そのくだけた口調にはややあわないのだけれど、名前を出すときはいつも「さん」づけになる。もうとうにその武雄さんの年齢を超えてしまっているのに、思い出話のなかで年齢の差はいっこうに縮まらない。

「あたしが言ってる松本さんていうのは、べつの松本さん。おじいちゃんたちと幼なじみだとしたら、ぜんぜん年があわないでしょ。三丁目の角の、瀬戸物屋の、あそこの下の娘さんで、もとは澤柳さん。結婚して松本さんになったひと」

「なんだ、澤柳の娘か。あいつは商工会議所でずっと経理やってた堅物でな。娘に罪はないがほんとに嫌らしいやつだった。うちの商店街のやり方にいろいろ口を挟んできたときの話、聞いたことあるだろう。福引きに事務机を使うと表面に傷がつくから、下にゴムかなにかをかませろとか、提灯《ちょうちん》が明るすぎて電気が無駄になるから電球を弱くしろとか、盛りあげる企画をいちいち盛りさげるような輩《やから》でな……すまんがその髪留めをはずしてくれんか？」

修子さんはカットの邪魔にならないように、また髪を傷つけないようにと選んだ小ぶりで閉じ方のやさしいヘアピンを、乞《こ》われるままはずした。かならず繰り返されるやりとりだから、べつに気分を害したりはしない。ピンは何本かつけるのにいやがる箇所はいつもひとつで、そこをいじると痛みを感じるらしい。戦時中、防空壕《ぼうくうごう》の入口につきだしてた石で頭をしたたかに打ったその後遺症だ、というのが三郎助さんの説明だったが、修子さんが見るかぎり頭皮に目立つ傷跡はなかったし、シャンプーをしても痛がらないのに髪をひっぱったときだけ古傷を刺戟《しげき》するなんて、どうも納得がいかなかった。もちろんそれがわかっているから、なるべく穏やかにやっている。しかしカットは彫刻でも仏像彫りでもない。慎重さと同時にリズムがたいせつだから、一定の速度と左右の揺れを調整しながら刈っていくとつい力が入って、髪をひっかきあげてしまうことになる。ごめんなさい、と修子さんは素直に謝って仕事をつづけた。

「なんの話だったかな？」

「澤柳の娘さん」

「そうだった」

三郎助さんはカットクロスの袖《そで》を持ちあげて、鼻先についた細かい毛をぽりぽり掻《か》いて落とした。

「下の娘さん、信子さんておっしゃるんだけど、その信子さんの嫁ぎ先が、ほら、市民センターの裏手にプロパンガスの販売店があるでしょ、あのお店なんですよ、息子さんがいま大学の三年で、東京にいて」

「ははあ、プロパンガス屋の坊主《ぼうず》か。もうそんな年になったかね。小学校の一年生か二年生くらいのとき、歳末の福引きで奥日光一泊バス旅行の券を当てた子がたしかプロパンガス屋の子だった。当たったって言っても、つねのごとくおひとり様ご招待っていう仕掛けで、ほんとに行きたきゃひとりで行くか、家族で行くしかないわけなんだ。そうなると親の分は全額費用を負担せねばならん。こんなものは詐欺《さぎ》だ、子どもを餌《えさ》にして親から金をとるつもりかって、父親が商店会の会長のところへ怒鳴り込んできてなあ。うちの福引きから旅行券がなくなったのはあの事件以来なんだよ。いままで、すっかり忘れてたが」

「へえ、そんなことがあったんですか。おひとり様でも当たればたいしたものだと思いますけれどね」

修子さんはそこでまた一度手を止め、カットクロスを脱がせて髪を床に落とし、毛先のやわらかい箒《ほうき》でそれをさっとかき集めてゴミ箱に捨てると、首にかけたタオルをきれいに直してから熱い湯で泡立てた石鹸《せっけん》をうなじともみあげに塗った。タオルをかけた肩の右のほうに白い紙をのせ、剃刀《かみそり》の刃先の泡と毛をそれで拭《ふ》き取っていく。どんなに場数を踏んでも、刃を当てるまえはやっぱり緊張するものだ。手が震えるようなことはなくなったとはいえ、毛のかたさや癖、分量、それから皮膚の質、肉の付きかたなど、ひとりとしておなじ条件はない。子どもと大人ではまるでちがうし、子どもだって、男の子と女の子では肌の感触が異なる。

刃を当てたときにお客さんが感じる痛みや恐怖は、こちらには想像できない。できるのは、ただ微妙な加減をすることだけで、しかも皮膚との最初の接触から力の入れ具合を判断しなくてはならないのだ。石鹸が肌に合うかどうか、カミソリ負けしない肌かどうか、てのひらや指先で事前にたしかめることができたらどんなに楽だろう、と修子さんは思う。マッサージ師が手を当て、皮膚科のお医者さんがモニターを使ってしらべることを、刃先の抵抗感だけで瞬時に判断するなんて、まともに考えてみれば神業に近いことだった。

ほんの何グラムかの力とほんの何度かの角度の狂いで相手に怪我《けが》をさせてしまう、その神の業のような仕事を、修子さんはあるとき、とつぜん選ばざるをえなくなった。いや、最終的に選んだのは自分自身だったのだから、ざるをえない、というのは責任逃れだろう。そうではなく、真剣に、本気で選択したのである。

「まじめな子なんですよ、その息子さん」と修子さんは擁護した。「ただ、東京の暮らしはたいへんみたいですね。仕送りを減らせばアルバイトの量が増えるし、アルバイトに精を出せば勉強に身は入らないしで、結局仕送りのために、奥さんが働きだしたんです、田中屋さんで」

手先に集中しつつ、言葉も繰り出す。田中屋はこの地域でもっとも大きなスーパーで、山がちな土地にあるにもかかわらず鮮魚が豊富なことで知られていた。交通の便もよく駐車場も広いうえに、小さな子どもを遊ばせる遊園地ふうのスペースもあるため、遠方からの客も多い。

「担当が、鮮魚係だったんですよ」

「なんだって？」

「せ、ん、ぎょ。新鮮な魚」

「そうか、じゃあ、さっきの仙女っていうのは、鮮魚のことだったのか？　てっきり仙女だと思ってたが」と三郎助さんは驚く。

「鮮魚って応《こた》えてたじゃありませんか」修子さんはまた剃刀を止めた。

「わしは女の仙人という意味での、仙女と言った」

「そうでしたか？　ちゃんと鮮魚って言ってるように聞こえてましたけれど。やっぱり入れ歯の具合が悪いんじゃないですか？」

「上田歯科ってのは、どうしようもない藪《やぶ》医者だよ」三郎助さんがまた脱線しはじめたので、修子さんはさりげなく話をもとに引き戻した。

「店の棚の裏で魚屋さんがさばくでしょ。松本さんの仕事は、その切り身をトレーに入れて、シールを貼《は》って売り場に出すこと」

「トレーってなんだ」三郎助さんが顔を動かさず、鏡のなかの修子さんに言う。

「プラスチックみたいな、発泡スチロールみたいな皿ですよ。角が丸くなっていて、それでも四角くて」

「丸と四角はいっしょにはできんよ」

「四角い皿ですけど、四隅がとんがってなくて、丸くなってるっていうことです」

「瀬戸物屋の娘だから器が得意なわけか。器量よしは器よし、うつわ屋器量よし小町でござる、ってな」

「妙な間《あい》の手を入れないでください」と修子さんは笑った。「なんの話だかわからなくなる」

「皿の話だ」

修子さんはそれに応じるのをしばらくやめて、手先の神経を集中させる。父の時代は石鹸の泡の拭き取りに新聞紙の切れ端なんかを使っていたものだけれど、インクが滲《にじ》んでちょっと清潔さに欠ける感じがしても、みな文句ひとつ言わなかった。こまかいところにまで衛生状態が問われるようになってから気を遣う場面が多くなって、そのぶん疲労がたまる。自分だけではなく、やってくるお客さんの衰えも、近頃は目立つようになってきた。三郎助さんの肌もこの数年で少しずつ張りを失い、染《し》みだけでなく、皮膚が死んでできるらしいあのぶよぶよしたものも増えてきている。泡をつけすぎるとそれが見えなくなるから要注意だ。危ない箇所を乗り切って、修子さんはちょっと息をつき、とぎれた言葉を継ぐ。

「その皿を、トレーを、秤《はかり》にのせるんです。目盛りをゼロにしておいて切り身をのせる。針が回るのじゃなくて、電子秤ですよ、誤差のほとんどない、一グラム以下だって計れるようなのがあるでしょ？」

「知ってるとも。四丁目の肉屋にあるやつとおなじだ」

やもめの三郎助さんは、その矢代精肉店によくポテトサラダを買いに行くので、赤い電光表示の秤は見慣れているのだ。ポテトサラダくらいあたしがつくってあげますと修子さんは何度も言ってきたのだが、お店のものにはなにかとくべつな香辛料が入っていて、それがないと気に入らないらしい。

「グラムいくらの計算だから、ぴったりにあわせる必要はないし、器械のほうが計算してくれるんです。こまかい調整がきく食材なら苦労はしませんけど、魚の切り身なんてかたちも大きさもばらばらで、ひと切れの目方なんて統一のしようがないでしょ。それなのに、松本さんは、ふつうのひとなら目分量でぽんと置いてそのたびに十何グラムくらいの上下があるところを、パズルみたいに切り身をあわせて、端数がでないみごとな盛りつけをするんです」

「見てきたような口をきくじゃないか」

「だって見たんですもの、この目で、実際に。おなじ作業場で知り合いのお母さんが働いていて、ちょっと届けものをしたとき見学させてもらったんですよ」

「どうだったね、そのわざは」

「噂《うわさ》どおりでした」

「噂？」

「いまお話ししたとおりだったってこと。すごい腕前だっていう噂だったんですよ。切り身の見立てがあまりにすばらしいんで、みんな感心してね、なにかと言うと松本さんを頼りにするようになって、そのうち、鮮魚係の松本さんていう代わりに、敬意をこめて《鮮魚の松本》って呼ぶようになったそうなんです」

「なるほど、それが通り名になったわけか。なかなか味わい深いじゃないか」三郎助さんはおおいに感心する。

「ところが異動で担当が変わって、乳製品の棚に移ったんですよ。それなのにまだ《鮮魚の松本》さんて呼ばれているんです」

「それだけ実力が認められてるんだったら、魚屋の連中がもっと大事にしてもよさそうなものなのにな。魚と牛乳じゃ勝手がちがうだろう」

「それが、そうでもないらしいんですよ」

修子さんはじらすような口調で言って、少し間を置いた。鏡のなかに、車輪のついた買い物かごを引いているおばあさんの姿が見える。その前をいきなり車が通って、おばあさんが道路のむこう側にいることを教えてくれた。理容師や美容師には、ふたつの現実がある。目の前の椅子に座っているお客さんの頭と、目の前の鏡の一部を横切る外の風景。仕事の経過も仕あがりも、自分の目でたしかめたあと、架空の世界にそのできばえの判断を委《ゆだ》ねるというふしぎな世界だ。むこうとこちら。そのあいだに自分をつなぎとめるのは、ときに、言葉だけになる。鏡の前では、できるだけ話さなければ、と修子さんは最近になって思うようになった。お客でしかなかった時代には、おしゃべりがわずらわしくて、ずっと黙っていてもらいたいと思っていたけれど、髪を刈る側になると、平面世界に飲み込まれるのがこわくて、なんでもいいから口に出したくなる。

「松本さんて、パックの牛乳やジュースを、うまいこと入れ替えるんです」と修子さんがまた口を開く。「ふつうは賞味期限が切れそうな、いちばん古いのを手前に出すでしょう？ところがそれを知ってるお客さんはかならず奥に手を突っ込んで、列のうしろのものを引っ張り出す。わたしもそうしてますから」

「賢いやり方じゃないか、どっちも」三郎助さんはこのあたり、つねに公平な評価をするひとなのだ。

「ところが鮮魚の松本さんにかかると、どうやっても、かならず古い日付のものをつかまされるんです。時間帯や客層を見て、前とうしろの並びを微妙に入れ換えてるんですって。そうして手品みたいに、賞味期限の近いものを手に取らせる」

「ほほう」

うなじともみあげを剃《そ》ると、修子さんは鏡の下の洗面台を引き出してお湯の温度を調節し、髪にシャンプーをかけ、座ったままの姿勢で泡が飛び散らないよう指でやわらかく頭皮を揉《も》みながら洗う。髭《ひげ》剃り、顔剃りの際、修子さんは髪の衰え以上に、時の作用を感じることがある。子どもたちと接しているから、大人に降りかかる時間をいっそう意識してしまうのだろうか。最初はお母さんに連れられてきて神妙な顔で補助椅子に座っていた子どもたちが、やがてひとりであらわれるようになり、いつのまにか髪型に注文をつけはじめる。そして、ある日とつぜん、彼らが鏡のなかで成長していることに気づかされるのだ。目の前の頭も、肩幅も、座高も、ぜんぶがいっぺんに大きくなる。肌はただふわふわしている綿毛の状態から、つやつやして弾力のある若々しいものに育って、剃刀の刃を気持ちよく押し返してくる。そういう新鮮な生きものとつい比べてしまうからか、親たち、祖父母たちの世代の、肌と泡を介してむきあったときのどこか無惨《むざん》な感じはごまかしようがなかった。

「かゆいところは？」

「わからん」目を閉じたまま、三郎助さんは応えた。

「ない、ってことね」

「いつも言ってることだが、洗ってもらっているうちにかゆくなるんだよ。かゆいところがあるんじゃなくて、かゆいところがでてくるんだ。ここって頼めばちがうところがかゆくなる。きりがない」

「はいはい」毎度おなじタイミングで繰り返されるおなじ返答に、修子さんはくすりと笑う。この台詞《せりふ》だけは、時の浸食から逃れているようだった。

「頭を流されたら、わしは死んじまうよ」

「じゃ、頭、流しますよ」

今度は前かがみになってもらって、耳のなかにお湯が入らないよう注意しながら泡を落とし、タオルでうなじを、それから顔を拭き、濡《ぬ》れた髪を包むように拭いて、椅子の背をゆったりとなかほどまで倒す。こうなると、さすがにおしゃべりな三郎助さんも黙ってされるがままだ。

修子さんの両親が野々上の町に理髪店を開いたのは、四十年近く前のことである。父と母は理容学校で知り合ってそのまま結婚し、数年のあいだ別々の店で修業を積んだあと、野々上町の父の、農業をしている実家が使わずにいたふたつの納屋《なや》の一方を店舗に改造して独立した。施工《せこう》は大工をしている小学校時代の同級生に格安で頼んだ。あたらしいものは水まわりのパイプくらいで、あとはぜんぶ中古品である。椅子も旧式、瞬間湯沸かし器をつけた洗髪用の洗い場は、どこか素人《しろうと》くさい感じのタイル張り。このあたりでは、小さな左官仕事なら、大工が自分でやってしまうのだ。鏡は友人たちからの寄贈品で、右隅に「野々上小学校有志一同、アゼリアさんゑ」という赤い文字が入っていた。

客は近隣の住民が中心になるけれど、店の前が父の母校である小学校の通学路にあたっていたため、下校のときに立ち寄ってくれる子どもたちが上客となった。野々上小の児童の場合は、クラスと名前だけ言えば後払いでいいことにしたので、お金を持たせる心配のなくなった親たちが、学校帰りに刈ってもらいなさいと送り込んでくれるようになったのだ。入学式、始業式、授業参観、運動会、文化祭、卒業式、といった行事の前はたいへんなにぎわいになる。ただしそれは平日の夕刻と土日だけで、昼間は開店休業状態になることもしばしばだった。三郎助さんは、そういうあいた時間にふらりとやってくるのだが、半分親戚《しんせき》みたいなものだから、ほんとうのところはお茶のみ話に立ち寄るだけで髪を刈るまでにはいたらず、客の姿が見えるとすぐに帰って行く。明日、知人の三回忌に出るからとひさしぶりに散髪とあいなって、いっしょに記憶をたどってみると、ほぼ二カ月ぶりのことだった。

修子さんは背もたれをさらに倒してほとんど水平にすると、横になって昼寝に入るまえの老犬みたいにとろとろしはじめた三郎助さんの顔に、熱いですよ、と言いながら蒸しタオルを当てた。三十秒ほどおいてふやけた髭に泡立てた石鹸《せっけん》を塗り、そのうえにもう一度熱いタオルをかぶせる。一カ所だけ逆毛みたいになっているところに注意すれば、髭は大丈夫だ。目を閉じたままの三郎助さんの顔に息がかかるほどこちらの顔をちかづけて、髭を剃り、鼻毛を切り、耳あかを掃除し、顔ぜんたいにクリームを塗って、そっと頬をもみほぐす。安らかな寝息を立てている無抵抗の三郎助さんを、修子さんはふたたび椅子の背をもとに戻しながら起こした。

「髭剃りが終わって、こうやって目が覚めると、ぜんぶ終わったような気がするな」

ぴたりとくっついた瞼《まぶた》を無理矢理ひきはがすみたいに開けて、三郎助さんが言った。

「たのしみがぜんぶ終わりだ。人生まで終わった気がする」

「馬鹿《ばか》なこと言わないでください」

「修子ちゃんもずいぶん腕をあげたよ。剃り方なんか、お母さんよりずっとうまい」

「だとうれしいですね」

「お世辞で言ってるわけじゃない。ほんとにそう思ってる。なにしろ剃られてる感じがしないからな。撫《な》でられてるみたいなのに、きれいに剃りあがってる。いまだから告白するが、あんたのお母さんにやってもらうと、ちょっとひりひりするんだ」

　店を構えてから定休日以外は一度も休まず働いてきた父が、ある日、急に右膝《みぎひざ》が痛いと言いだした。借金をして設備を総入れ替えし、さあこれから理容室アゼリアの第二期がはじまるぞと意気込んでいた矢先のことだった。立ち仕事だから足がむくんだり膝が痛くなったりすることはよくあって、鍼《はり》やマッサージでごまかしたり、よほどひどい場合には体重を減らす努力をして持ちこたえてきたのだったが、そのときの痛みはずいぶんながく続いた。まあちょっと診てもらうかと軽い気持ちで出かけた整形外科の、レントゲン写真をみた担当医の顔色が変わった。すぐに大病院を紹介してもらい、再検査をしたところ、膝の腫瘍《しゅよう》は肺からの転移で、すでに末期に近い状態だと判明した。我慢づよかったのが災いして、発見が遅れたのである。それから半年ともたなかった。

病院に行けと勧めたのは、母だった。お父さんは気休めにって言ってたけれど、わたしはいやな予感がしてたのよ、とのちに母は話してくれたものだ。膝の痛みを訴えはじめたその日の夕方、母は父の隣の席で男の子の髪を刈っていたのだが、左右のバランスを確認しようと、ふと鏡のなかを覗《のぞ》いてみたら、ちょうどうしろを向いた父の右膝のあたりに白い煙の球のようなものがまとわりついていた。石鹼が飛んだり、髪を拭いたあとのタオルでこすって鏡に汚れがつくことはよくあるし、眼鏡のレンズを指先で触ったりすれば指紋がついて靄《もや》がかかったようになることもあると、気づいたところからひとつずつその可能性をつぶしていったのだけれど、鏡はきれいで、レンズに脂《あぶら》なども付着していなかった。きっと夕刻になって点《とも》したばかりの蛍光灯と街灯の明かりが入り交じって暈《かさ》になったのだろうと、父にはなにも言わずにおいたのだそうだ。

父が逝《い》ってから、母はひとりで店に立ちつづけた。できるところまでやって、どうしても無理になったら閉める覚悟だった。修子さんは高校を出てすぐ、地元の電子機器製作会社に就職し、結婚後も仕事をつづけていたのだが、勤めのない土曜の午後と日曜日に母を手伝うようになった。とはいえ、洗いものをしたり床の掃除をするくらいで、ほかにはなにもできない。夫は散髪に現れるだけで手を貸す気などこれっぽっちもなかったし、この地方でいちばん大きな都市の官舎で暮らしている妹には小さな娘がふたりいて身動きがとれなかった。母の疲労はもう限界に来ていた。子どものいない自分にこれからなにができるか、修子さんはさんざん考えた末に会社を辞めて、三十半ばで理容学校の生徒になったのである。もう十五年ほど前のことだ。

その母がいま、無灯の自転車にぶつけられ、足の骨を折って入院している。頭を打たなかったのと、仕事に必要な両手をやられなかったのが不幸中の幸いだったが、リハビリが終わって完治するまで、少なくとも半年はかかるらしい。妹が面倒をみてくれなかったら、店はそのあいだ閉めなければならないところだった。

修子さんはまた鏡のなかを覗く。三郎助さんの顔には、うなじの染《し》みとおなじものがあちこちにできている。そこにもクリームがしみ込んでよい艶《つや》が出ていた。

「さっぱりしましたね」

肩にかけたタオルのうえからマッサージをしながら、修子さんが言う。

「風呂《ふろ》あがりみたいにてかてか光って、湯気が立ちそうだ。まさしく揚げたての魚だな、こいつは。さっきの話じゃないが、鮮魚の三郎助ってなものだ」

話したり考えごとをしたりしているうちに話題があちこちに散らばるのはいつものことだから、べつにどうというわけでもなかった。ただ、さっきからずっと言葉のうわっつらにつまずいているようなのが、修子さんにはしっくりこない。言葉の、もっと底のほうにひっかかりたいと願っているのに、それが思うようにならない。

「さっきの、鮮魚の、澤柳の娘の松本はどうなったんだ？　なぜそんな話をしてたんだっけかな？」

「行方不明なんです」と修子さんは言った。

「なんだって？」

「二週間くらい職場に来てないんですって。家にも戻っていないそうですよ」

「警察には届けたのか？」三郎助さんはまた鏡から顔をそらして修子さんを見あげる。

「三日待って、ご主人が届けたそうです。あちこち聞きまわってらっしゃるんですよ。じつはこのあいだ、うちにもいらしたんです。なにか情報があったら知らせてほしいって」

「それで、情報とやらを提供したのかね？」

「ええ、知ってるかぎりのことは」

まさかうんとは言うまいと思っていた三郎助さんは、修子さんがあんまりあっさり認めたので、面喰らった様子である。

「直接見たことじゃないんです。夜中に鮮魚の松本さんそっくりな女性を見たっていうお客さんがいて」

その晩、ふだんから交通量が少なくて、夜も八時を過ぎれば真っ暗になる県道を車で走っていたら、前方に自転車で疾走しているひとの姿が目に入った。背後からヘッドライトで照らしていたからよく見えたのだが、荒田のほうに通じる道を左折する際、その女性はきれいに左手を水平にのばして方向指示を出した。いまどき手で方向指示を出すなんてずいぶん奇特なひとだと思って追い抜くときに顔を覗いたら、それが田中屋の、鮮魚の松本さんそっくりだったというのである。修子さんは、その証言をご主人に伝えたのだった。

「本人かどうかは、まだ確認できていないのかね」三郎助さんが刑事ドラマのような口調で言う。

「ええ、似ていたっていうだけで」

「二週間前と言ったな？」

「そうです」

「お母さんが自転車にひっくり返されたのも、ちょうどそのくらいじゃなかったかね？」

鮮魚の松本さん出奔の噂《うわさ》が耳に入り、それがちょうど二週間前だと知ったときには、べつだんなにも思わなかった。母が倒されたのは、ここから歩いて十分ほどのところにあるコンビニへ翌朝の食パンを買いに行った帰りのことで、そこだけ光のない、暗い穴のような場所だった。自販機かなにかがあれば、その光で相手は遠目からでも認識できただろう。しかし数日前、鮮魚の松本さんらしき女性が、夜中に県道を自転車で走っているところを目撃したと客のひとりから聞かされて、共通点はたしかにある、少なくとも時間帯は重なるかもしれない、と考えたのはまぎれもない事実だった。

修子さんはなにも言わずに、鋏《はさみ》を持っていない左手を横にまっすぐのばした。鏡のなかの自分がこちらを向いて、右手をきれいにのばしているのが見える。母が、鏡のなかの父の膝に、白い煙のようなものがまとわりついていたと言ったとき、ほんとうはどちらの脚だったのだろう。こちらの右は、鏡のなかの人物の左だ。長年、鏡のなかを見つづけてきた母が虚と実をまちがえるはずはない。左と右を入れかえなければやりきれないなにかがあったのだろうか。

やわらかいブラシで襟元の毛を落とし、二、三のほつれ毛を鋏で切って、もう一度櫛《くし》をあてながら鏡をのぞく。三郎助さんの顔が、青白い蛍光灯の光をあびててらてらと輝いている。すると、その頭皮のむこう、鏡の世界の左から右にむかって、白いTシャツに黒くてぴちっとした伸縮ズボンのようなものをはいた小柄な女のひとが、さらに白いスーパーの袋をハンドルにぶらさげた自転車に乗って、猛烈な勢いで走り抜けていくのが見えた。女性は鏡の奥に顔を向けて後続の車を確認したあと、片手をすっと水平にのばして曲がる方向を示した。あ、と修子さんはあわてて振り返り、現実の窓から外の世界を見やったが、自転車もひとも白っぽい球のような靄を残して、あとかたもなく消えていた。

戸の池一丁目

「これはお菓子だから、買っちゃだめ。これもお菓子だから、買っちゃだめ。これもお菓子だから、買っちゃだめ。みんな、買っちゃだめ」

三つか四つくらいの男の子が元気のいい声で言う。大きな袋菓子の棚をめざとく見つけてそのまえで両脚を踏ん張り、麦わら帽をかぶるのではなくかぶられた頭を上にむけて人差し指でひとつひとつ確認しながら、買えないものばっかり、と母親を振り返った。

粗いコンクリの床から一段高くなっている、帳場を兼ねた半畳敷きのたばこ売り場に座って新聞を読んでいた泰三さんは、土埃《つちぼこり》をあげてバスが通り過ぎたあとしばらくして、その男の子と若い母親が入ってくるのを目の隅で追っていた。店は鉄道の駅を起点とするふたつのながいバス路線の分岐点にあって、二股《ふたまた》のあいだに建っている店の入り口は南に面しているので、北への道が信号待ちになった場合は運転手と顔が合い、そうなるともうずいぶんまえからの習慣で、おたがい軽く手をあげて挨拶《あいさつ》をする。帳場の左、つまり運転手からは右に折れて春片町役場へむかう路線では降りてくる客の姿が間近に見え、逆に、右に折れる桜新田駅行きは乗降口が車体の反対側になるため、待っているひとの姿は目にはいるけれど、降りてきたひとの顔はバスが通り過ぎてからでないとわからない。ただ眺めているだけでも何通りかの組み合わせがあって、映画でよくあるようにそれまでだれもいなかったバス停にぽつんと遠来の客が降りてきたりする手品も好きだったが、そういうときに顔見知りが立っていたりするとひどく嬉《うれ》しいものだ。なにやらあわただしく降りてきた母子連れには、しかし見覚えがなかった。

それにしても、こんなによく通る愛らしい幼児の声を聞いたのはひさしぶりだと目もとをゆるめて、身を乗り出すように様子をうかがっていると、表の庇《ひさし》の下に張り出している冷蔵ショーケースからペットボトルの水を大小二本取り出してきた小柄な女性が、ニレくん、だめよ、と歌うように声をかけた。

「買わないよ、だって、これはお菓子だから、買っちゃだめ」と男の子が繰り返す。

「そう、お母さんに叱《しか》られちゃうものね。おなか痛くなったら、おばちゃんの責任になるんだし」

「ぼく、買わないよ」今度は棚から目を離して、高くかぼそい声で応《こた》える。

「じゃあ、もうおしまい。こっちおいで」

母親にしては若いなと思っていたが、おばちゃんという言い方からすると、母子ではないのだろう。ただしそれだけで血のつながりがあるのかどうかは確定できない。女性は小さいほうのボトルを軽くTシャツでぬぐって男の子に渡してから、やわらかそうな背中を押して帳場のほうに連れてきた。ふたりは、おねがいします、と幼稚園の遊戯みたいに声をそろえて、すり切れた帳場の木の板に、とんと音を立ててペットボトルを置いた。

「お菓子がお気に召さなかったようで、申し訳ありませんねえ」泰三さんは若くてほっそりしたおばちゃんに頭をさげた。

「すみません。そういうつもりで言ったんじゃなくて」

「わかっておりますよ」小さく笑いながら泰三さんはレジを操作する。「うちにはあと、かき氷とお団子があるきりでしてね。よろしかったら、いかがですか。みたらし団子と、餡《あん》のついたのと。自家製です。それから氷。味の種類は、あちらに貼《は》ってあります」

「お団子は、お菓子じゃない？」麦わら帽子が落ちないよう片手で押さえながら、男の子が泰三さんに下から声をかける。

「どうかなあ、お団子はお団子だね」

「じゃあ、かき氷は？」

「むずかしい質問だ。おじさんにはわからないけれど、氷は、ふつうのお菓子とすこしちがうんじゃないかな」

「ぼく、かき氷、食べたことあるよ！」

「そうなの？」若いおばちゃんがびっくりして言う。「おなかはどうもならなかった？」

「うん。ぼく、かき氷がいい！」

「だって、かき氷も、お菓子なのよ」

男の子は一瞬黙って、ぼくは、信じないよ、とおばさんを見あげた。

「氷菓子って言うの。だからお菓子の仲間」

「ぼくは、信じないよ！」

泰三さんは、頬のあたりをそっと歪《ゆが》めている女性に顔を向け、よけいなことを申しましたね、こちらがお釣りです、と差し出された真っ白なてのひらに小銭を落とした。

「甥《おい》っ子なんです」やはり歌うような声で、今度はにこりとしながら彼女は言う。

「だから、おばちゃんなんですな」

「この子のお母さんに、あんまり外のものを買って食べさせないように言われてるんです。腸が過敏で、お医者さんからも控えるようにって」

「そうですか。かき氷はもちろん、こんな田舎のよろず屋の自家製団子を食べたなんて知ったら、お母さんが卒倒するでしょう。ニレくん、だったかな、今日はおばさんの言うことを聞くことにしようか」

ニレは楡《にれ》の木のニレだという。いつのまにか渾身《こんしん》の力で蓋《ふた》をあけ、ペットボトルに口を付けている男の子に泰三さんは言った。

「その水は、おいしいかい？」

「おいしい。冷たい。でも、かき氷も食べる」

「だから、氷はなおさらだめなの。お菓子なんだし」

おばさんが帽子ごと頭を押さえると、それが口癖らしく、男の子はまた、「ぼくは、信じないよ！」と繰り返した。

「信じないのも、だいじなことだ」と泰三さんは半畳の高台からいざり出るように身をかがめた。「大人でもわからないようなことを、楡くんはよく知ってる。えらいねえ」

思いがけないほめられ方をして、それでもやっぱり嬉しかったらしく得意げに頬を上気させた男の子から泰三さんはゆっくり目を離し、若い保護者に話しかけた。

「ところで、ぶしつけながら、この辺の方じゃありませんでしょう?」

「はい」

「あなたくらいの年かっこうで子どものいる女のひとがずいぶんいる町なもので、てっきり母子かと思いましたよ」

「まだ、大学生です」と彼女はすこしむっとしたような表情をつくって言葉を返した。

「学生さん? それは失礼しました。でも、ここで降りられたってことは、乗りまちがえですかな?」

すると、急に大切な用事を思い出したように、さっきとはべつの種類の声で、じつは、尾名川の駅まえで路線がふたつあるから注意するよう言われていたのに、ちょうどバスが一台出て行くところにあたって、確認もせず飛び乗ってしまったんです、と彼女は説明した。そういうひとがたくさんいらっしゃいますよと泰三さんは気の毒がり、帳場の横の壁に貼ってある時刻表を確かめてから、運悪くいまの時間帯はちょうどあいだが空いていて、乗り換えまでにあと四十分近くあると伝えた。

「つぎのバスは、安全運転のバス?」

信じないことを知っている、ちいさな哲学者が口をはさむ。

「そう、安全運転のバスだよ。バスはいつも安全運転だ」と泰三さんは当然のように応じて、おばさんとの会話をつづける。

「春片まで?」

「いえ、野母方っていうところで降りて、少し歩くんだそうです。まわりに家がないらしくて」

「まさか、伊東さんとこじゃなかろうね、椎茸《しいたけ》農園の」

「その伊東です」

「じゃあ、あなたは、宗一さんの……」

「妻の早苗の、下の妹です。三人姉妹の、わたしがいちばん下で、ちょっと年が離れてますけど」そこではじめて、彼女は大きなつばのある帽子をとった。「彩といいます」

「それはそれは。伊東さんには懇意にさせていただいておりましてね。ほら、そこにあるのは、ぜんぶ野母方の山で採れたものですよ」と乾物の棚の、干し椎茸の袋を指さした。

宗一さんの親戚《しんせき》なら、うちのライトバンで送ってあげてもいいが、ふたり乗りだからかえって窮屈になる。それに、あいにくと留守番をかわってくれるばあさんは、健康維持に欠かせない昼寝の時間に入っていた。やはりバスに乗ってもらうしかなかろうと思いつつ、泰三さんは、楡くんと呼ばれている男の子の存在にあらためて気を引かれていた。あの夫婦に子どもはないから、遊び相手がいるわけでもない。昼間はたいてい山の奥であれこれ余人に任せられない手入れをしているため、ふたりとも自由なようでいて拘束の多い身である。訪ねていくときは、事前の連絡が必要だ。親戚であってもそのくらいの気遣いが必要な場所に、あのひとたちは住んでいる。しかし泰三さんの目に鈍い光が走ったのを、彩さんは見逃さなかった。楡くんという男の子は下の姉の子で、いまそのご夫婦にあれこれぬきさしならない事情があって、息子を一時的に家から離したほうがいいと判断した。車で駅まで迎えに行くと言ってくれたのを断って、今日のうちにこちらから出向くとだけ連絡したのだという。曖昧《あいまい》な話し方ではあったけれど、泰三さんが親戚の知り合いだとわかって信用してくれたのだろう、なにも聞かないうちにそこまでは明かしてくれた。

「わたしにすごくなついてるものですから、空気の悪い都会でうだってるより、空気のいい山のなかで遊ばせてくれと頼まれて。要するに、子守のアルバイトです。迎え

の車を頼まなかったのは、この子がいろんな乗り物に乗りたいっていうからで。なが
いことお母さんと引き離すには、ちょっとはご機嫌をとらないと」

「そうでしたか」泰三さんはひと息ついて男の子に言った。「じゃあ、ここまでのバスの旅は、どうだったかな？」

「たのしい。たのしかった」

男の子は満足げにふたとおりの時制を使いこなし、ペットボトルの水を口に含んだ。お菓子のことは、ひとまず忘れてくれたらしい。とにかく、つぎのバスが来るまで、そこのテーブルでゆっくり休んでください、とふたりに言って、泰三さんはたばこ売り場の窓から車の行き来に目をやった。

尾名川の中流域は、まだ自家用車が普及していなかった時代に一帯でも例外的なはやさで南北をむすぶバス路線が引かれたところで、二車線の市道の両側を切り通しみたいに新建材の家が囲うようになったいまでもなお、このあたりの交通の要衝といってもおかしくない機能を果たしている。ただし、そこに整備や発展という言葉をあてがうのは不適切かもしれない。まとまった計画にもとづいてのことではなく、ひなびた町々が自然発生的にひろがっていくにともなって山を切り崩し、斜面を段々に整地して、かたちばかりの石垣で見映えをよくしたにすぎないからだ。老舗《しにせ》の酒屋が模様

替えをしてリカーショップになり、よろず屋がコンビニに変わって何十年も闇《やみ》に沈んでいた一角を陽がのぼるまで蛍光灯で真っ白に輝かせるようになったのは、そう遠いむかしのことではない。路線開通まえからこの店を営んでいた義父が亡くなったのを機に、泰三さんは自身の仕事を整理して、それを引き継いだ。はやくに両親を亡くしていた泰三さんにとって、身内と呼べる存在はいまや義母ひとりで、なにはどうあれこのひとだけは護《まも》らなければならないと思ったからなのだが、じつはそれ以前に、自分の商売が成り立たなくなっていたのである。店の裏手は畑になっていて、細々と野菜をつくっている。しかし土いじりのほとんどをまかせていた義母のぐあいがこのところ芳《かんば》しくなく、固定客のいる団子を用意するのが精いっぱいで、畑のほうは自然と荒れるままになっていた。

「お団子は、どうして、お菓子じゃないの?」

男の子がまたむずかしい問いかけでおばさんを悩ませている。そういえば、さっき、彩さんというあの学生さんは、かき氷を氷菓子と古風に言い換えていた。生産者ラベルには、たしかにそう記してある。だったら、お団子は和菓子だと素直に説明しておけばよかったのだ。まあいいだろう。なにしろ暑い日だから、加工も添加もない天然水を飲ませてあげるのがいちばんいい。それにしても、あんな愛らしい家族がいたら、どんなに救われるだろう、と泰三さんは思った。自身も老年に入っている状態で、さらにその老年の先を歩いている義母とのふたり暮らしを、これからどうやってしのいでいこうか。思い屈したときに心を明るくしてくれる幼子もいなければ、残されたふたり分の時間を着実に消化していくだけの蓄えもない。いや、泰三さんの気持ち次第では、状況が大きく変わる可能性がないわけではなかった。一週間ほどまえ、所用で町役場へでかけたとき、土木課の友人に、いっそのこと裏の畑でも売ってしまうかと、そんな愚痴をこぼしたりしていたら、たまたま書類を取りに来ていた尾名川交通のひとが泰三さんの名を聞きつけて名刺を差し出し、こんなところで失礼ですが、と切り出したのである。数年後に竣工《しゅんこう》する桜新田のバスターミナル開設にあわせた路線延長と増発にともなって、ちょうど中間点にある戸の池一丁目の、泰三さんの店のあたりに、運転手交代のための詰め所を設ける計画が持ちあがっているのだという。

義父の時代から、泰三さんの店では、バス会社の要望で切符や回数券も扱っていた。はがきに郵便切手、収入印紙も売っていて、店のまえにはもちろん赤ポストがある。氷や団子を食べさせる一角では乗り換え客がよく休んで、手洗いを借りたりする。つまり、とうから中継駅同然の扱いを受けているのだが、回送のバスを停めたり、交替の運転手が休んだりするための簡易施設をなんとか確保したいらしい。そこで、もし店裏の畑を融通してもらえるのであれば、これ以上のお話はないというのである。藪《やぶ》から棒に思いつきを口にしてもらいましても、と泰三さんが引き気味に応じると、思いつきだなんて失礼な真似《まね》はいたしませんです、と相手は声を落として説明をはじめた。

「もう先から検討いたしておりまして、いくつか候補を挙げておったんですよ。法律上のことやなんかで、たまたまここへ相談に来てたわけですが、そのひとつに戸の池の、おたくの、あの二股《ふたまた》があがっておりましてね」

「はじめて伺うお話ですな」

「もちろん、まだ内々の、なんの確約もできない段階の話ですが、近日中に、上の者とご相談にあがろうとしていたところなんです。戸の池の枡田《ますだ》商店といえば、近隣で知らないひとなどありませんからね。なにしろ詰め所のシンボルにうってつけの、名物バスがある」

泰三さんは苦笑いをしてすこしのあいだ相手から目をそらし、思案をめぐらすふりをして、土木課のカウンターのうえに鎖でぶら下げられているプラスチックの黄ばんだ板が、開け放たれた窓からの風でかすかに揺れるのを眺めていた。

「まあ、処分しそこねて、あんなふうになっておりますけれどね」

「眠らせておくより、いっそあのバスをお借りして事務所にしたらどうかなんて声も、若い連中からあがってるんですよ」

地方の路線バスはどこも厳しい経営を強いられているはずだが、泰三さんの店のまえを通る二本のうち私鉄と第三セクターの駅をむすぶ路線は、利用者の数が減るどころかむしろ微増の傾向にある。春片団地の近くにできた中学校と高校がここ数年、大学進学率とやらで名をあげ、離れた地区からわざわざそこへ通う子どもたちが増えてきたことも理由のひとつだと聞いていた。通うには乗り換えが必要な子たちもいて、彼らがなんだかんだと立ち寄ってくれるので、最低限の文具も常備してある。生徒のなかには、裏の畑の隅の、砂利敷きのうえで廃車同然になっているボンネットバスを、めずらしそうにながめていく者もいた。むかしからこの土地に住んでいるひとはみな泰三さんの店を知っていたし、妙な遺物の由来も耳に入れていてくれたのだが、あたらしい人間が入ってしかも時代が移れば、かつてはふつうであったことがらが新奇なものに昇格する。利用者のアンケートをとったら、備考欄に、戸の池一丁目の角のお店の裏手に「放置されている」古いバスは、会社となにか関係があるのか、再利用はできないのか、という質問が複数あったそうで、いつだったか泰三さんのところにも、愛好家から問い合わせが来たことがある。これだけ古い型になると、整備し直して走らせるにはかなりの金がかかりますが、内側だけ改装して詰め所として再利用するのは、そう悪い考えではありませんね、いずれにしても、その節は、よろしくご高配のほどを、とそのひとは言うのだった。

「乗り降りのお客さんにはお世話になってますし、バスとうちとは一蓮托生《いちれんたくしょう》みたいなものですが、さあてね……」

別れたあと、泰三さんは受付の黒いビニール装のソファーに腰を下ろし、ぼんやりと物思いにふけった。ゆるい冷房が効いているので建物は閉め切っているはずなのに、どこから入り込んだのか、よく太った蠅《はえ》が一匹、課の名前を刻んだプラスチックプレートの周囲をぶんぶん飛びまわっている。すこしまえまでは、どの家にも蠅取り紙なんていうふしぎな道具がぶら下げてあったが、あのねばついた、ゆるいらせんを描くようにまるまりながら垂れている紙に捕まって動けなくなった蠅たちの姿を見ていると、気味の悪さよりも先に、お寺で話を聞かされた仏の慈悲をつい考えてしまったものだ。しかし蠅は、むしろ硬いものにぶつかったとき、信じられない力を発揮する。蠅取り紙や薄手のカーテンより、こういうプラスチックの板などの、硬くて宙づりになっている物体につづけて何度も当たるときの強さには、生きものとして疎《うと》まれている悲しみを超えた、もっと明るく軽快ななにかがある。そんな蠅の様子を飽きるほどながめていたのは、妻をくも膜下出血で亡くし、仕事のやりかたを根本から変えなければならなくなった夏の日々のことだ。それからもう、何年になるのか。

時代の変わり目は変わり目、こんな中途半端《はんぱ》な店が淘汰《とうた》の激しい時代にかつがつでもやっていけるのは、鄙《ひな》ではあれ、ふたつのバス路線が交わる停留所の目の前という好立地にあるからにすぎない。義父が亡くなり、妻が亡くなり、両親をすでに送り出して、しかも子どもがいなかった泰三さんは、ことのなりゆきとして、結婚以来ずっとお義母《かあ》さんと呼んできた血のつながりのない女性と暮らすようになり、いまではだれがどう見ても親子にしか見えなくなっている。ただその義母も九十歳に近く、だいぶ記憶があやしくなってきていた。以前より生え際《ぎわ》が後退して年齢よりも老《ふ》けて見えるようになった泰三さんを、とうに亡くなっている自分の夫と勘違いすることもあって、ときどき、それまでとはあきらかに親密の度が異なる口調で、泰三さんのことを、おとうさん、と呼んだりする。おとうさん、安田さんとこの野菜、ちゃんと配達してくれましたか。おとうさん、宝剣寺のご住職に頼まれてたスルメがまだ届かないんですけれど。おとうさん、佐山さんの奥さんがこのあいだ買った醬油《しょうゆ》の蓋《ふた》がゆるんでて、中身がちょっと漏れてたそうですよ。おとうさん、角庄さんとこ、お風呂《ふろ》の修繕が入ってたいへんそうだから、仕舞湯でよかったらうちへおいでって言ってあげましょうか。どこの誰だか泰三さんには見当もつかない名前を持ち出すかと思えば、たったいま電話をもらったとでもいうような、妙に細かくて臨場感のある台詞《せりふ》を口にする。死んだ妻に尋ねてもたぶんわからなかっただろう娘時代から中年過ぎくらいまでの、まことに些細《ささい》な出来事のかけらが、なんの前置きもなしによみがえってくるのだ。

はじめのうちは、いま現在の話題だとばかり思っていたので、顧客とのあいだにトラブルでもあったら大変だと何度も聞き直していたのだが、しばらく話していると、うつろな瞳《ひとみ》の真ん中に光の集まる気配がある。そのとたん、宝剣寺のご住職のスルメも角庄さんの不如意《ふにょい》も頭から消えて、いつもどおりの、昼寝から覚めた虎猫《とらねこ》みたいな、ほわほわした老婆《ろうば》の顔になっているのだった。病院には、通わせていない。あたりを徘徊《はいかい》するわけでもないし、元気があるときはじつに明晰《めいせき》で、台所にも立つ。名物の団子もつくる。そういうとき、泰三さんは義母の背中にその娘の影を見出《みいだ》して、説明のつかない胸騒ぎを覚えるのだった。こんなに年をとって背中も曲がっているのに、腰から下の骨のかたちが亡妻にそっくりなのだ。むしろ義母のほうが、泰三さんの知っている亡き妻の姿に近づいてくるようなのである。なんとふしぎなことだろう、消去法で残された義理の親子が、時を超えた幻想の夫婦になるなんて。

義母の記憶にわずかな混濁が認められてからは、仕入れの手間を最小限にとどめ、配達もなくしてなるべく店番をするようになった。春から夏にかけて、通りからわかるよう窓際にほそい鎖でぶら下げられている「たばこ」の板に、近所の畑の堆肥《たいひ》につられてやってきた立派な蠅が、役場の受付にいたやつとおなじように音を立てて何度もぶつかる。頭打ち、という言葉が脳裡《のうり》をよぎり、いや、蠅だって繰り返しぶつかれば、こんなに重いものを動かせるという教えとも受け取れるのだ、と思いなおす。小さなものが、大きななにかを揺らし、動かすのだ。揺られ、揺られる路線バスの客の乗り降りをチェックして、そのあいまにひろげた新聞と看板の揺れを見る。それが泰三さんの日々である。

かつては、そうではなかった。裏で雨風に晒《さら》されている「いすゞ」のボンネットバスを、移動式スーパーとして、一日中いそがしく走らせていた。生産中止になってからさらに十年ほど経過したころ、燃費の問題とワンマン時代の到来でやむをえず廃棄処分になった型を安値で買い取り、なんでもいじれる機械屋と大工に頼んで改装してもらったものだ。地面から本体の腹までに高さがあるため、まだその時分にはあちこちに残っていた未舗装の砂利道を走っても故障がすくなかった。とりたててバスが好きだったわけでもない。客が中に入って、お店のように品を選ぶだけの広さがあるのは、払い下げの路線バスくらいしかなかったのである。ただしそのためには大型車の免許を取らなければならず、よけいに金がかかったのは痛かった。大型二種を取っておけば、小売りの仕事が立ち行かなくなっても路線バスに就職できるぞと進言してくれた知人もいたけれど、なるべくはやく商売がしたいという気の焦《あせ》りもあって、当面は食料雑貨を運ぶための車さえ動かせればいいと思ったのだ。あとはそう、楡くんのことばどおり、安全運転の技術がありさえすればよかった。

車掌が客の乗り降りに責任を持っていた時代の車なので、乗降口は現在のバスの降り口にあたる車体の左側中央にしかない。座席をすべて取り払って運転席以外の窓をつぶし、できた壁面に可変式の棚をずらりと取りつけた。乗降口のドアと後部にある非常用のハッチを生かし、後ろから入ってきた客が精算を済ませて横から出て行ける構造にして、運転席をブース状に囲った仕切り板にも商品棚をつくりつけると、食品や日用品を詰め込めるだけ詰め込み、ドアの近辺にマガジンラックを置いて地方新聞と主要週刊誌も取りそろえ、まさに動くよろず屋というべき体裁を整えた。後部からプロペラ機にありそうな折りたたみ式タラップをあがると、なにがあるのだかわくわくするお店があらわれる。はじめて中に入ったお客さんは一様に驚いて隅から隅まで商品をながめ、まとめ買いをしてくれたものだ。

県道沿いに広い駐車場つきのスーパーができてからも、足を持たない主婦やお年寄りが移動スーパーを楽しみにしていてくれた。気取らない雑談の相手として泰三さんそのひとを心待ちにしている者も多かったし、雨の日にわざわざ町なかへ出かけていくよりむこうから来てもらったほうが楽だというひとたちもかなりいた。義父の店——つまり、店舗を持たなかった彼は、義父が持っていた店の電話を借りていた——に連絡を入れれば、つぎの巡回日に配達を頼むこともできた。通信販売や宅配便がなかった時代なんてもう想像すらできなくなってしまったが、配達といえば専門店が主体で、何でも屋が何でも持ってきてくれるような仕組みはまだできあがっていなかったのである。あらかじめ許可を得ている場所にバスを停め、ふぁうん、という古い足踏みオルガンみたいなクラクションを何度か鳴らす。泰三さんが選んだわけではなく買ったときからこの音だったのだが、聞きたくもない音楽をかけっぱなしにして走る屋台とはそこでまず差別化を図っていた。「交通の要衝」にある義父の店の常連もいたので、固定客のあいだには、ちょっとした互助会めいた空気さえできあがっていた。

忘れられない思い出もある。当時、野母方の伊東さんのところへ、泰三さんは週に一度かならずバスを走らせて商いをしていた。移動スーパーで売っている椎茸《しいたけ》はすべてそこで仕入れていたので、物々交換みたいにして対価分の品を店内から選んでもらうことにしていたのだ。ある日、いつもどおりの時間に車を寄せたらご主人はやはり山に入っているらしく、たいていはエンジン音を聞きつけただけでにこにこと出てきてくれる奥さんの姿もなかった。引き戸の玄関から土間に入り、こんにちは、と大声を出そうとしたそのとき、洗い場への通路で奥さんが野良着《のら》のままうつぶせに倒れているのが目に入った。泰三さんはその様子を見て、一刻もはやく医者へ連れて行くべきだ、と判断した。妻の倒れ方とまるでおなじだったからだ。土間から居間へのあがりがまちに積まれていた座布団をあるだけぜんぶ抱きかかえて車に戻り、油の匂《にお》いがする木の床にざっと敷きつめ、そこへ奥さんを横抱きに運び込むと、県道沿いの緊急外来のある大病院に急いだ。救急車を呼ぶとか、事前に連れていきますと連絡を入れるとか、そんなことで時間を使っている余裕などないと思ったのだ。狭苦しい場所に寝かせた患者の容態を振り返りつつ、砂利道やカーヴでは重いクラッチを駆使して地雷を避けるように極力振動を抑える乗り方をし、アスファルトの直線道路に出ると一転、クラクションを鳴らしっぱなしにして猛烈な勢いで走った。

診断は脳梗塞《のうこうそく》で、身体《からだ》を揺らしたのはさすがにまずかったけれど、なによりはやく病院まで連れて行ったのが幸いし、後遺症を最低限に防ぐことができた。あたしは泰三さんのバスでお菓子といっしょに床に寝転がされたまま、野戦病院へ送られるみたいに運ばれたんだよ。回復したあと、奥さんはあちこちでそう吹聴《ふいちょう》してまわったものだ。倒れた前後の記憶が飛んでいるくせに、交通事故かと思ったという看護婦さんの話に少々尾ひれをつけて、医師と看護婦が走り出てきてボンネットバスの後部のハッチ式ドアをあけたら、最後のカーヴで転げ落ちたとおぼしき大量の袋菓子に自分は頭を埋めていたのだと、まるで見てきたかのように語るのだった。一方、運転席に身をかがめ、ハンドルを抱え込んで走る泰三さんの鬼気迫る姿は、対向車線を走る路線バスの運転手にしっかり目撃され、ブレーキの故障で止まることができなくなったか、あるいはバスごとどこかにつっこむつもりか、どちらかだと思ったよと、こちらもあとから勇敢なる笑い話として伝えられた。四輪駆動のディーゼルエンジンをみごとにふかしきって病院に乗り付けた移動スーパー店主の活躍はおおいに話題になり、町の消防団から表彰されて、翌週、「春片新報」の一面を飾った。そのときの表彰状と記念写真は額に入れて、運転席のすぐ裏側の棚の一角に飾ってあるはずだ。そこへは陽の光も入ってこないから、焼けて黄ばんだりはしていないだろう。奥さんは泰三さんを命の恩人として扱ってくれたし、椎茸作りの名人である伊東翁《おう》は、隣町の老舗《しにせ》旅館に卸しているのとおなじ等級の、刺身にできるくらいみずみずしいものを自宅用に分けてくれるようになった。その後、名人は奥さんより先に逝《い》ってしまったが、町の人間になった息子のかわりに、高校生のころから奥まった山間《やまあい》の暮らしをひどく気に入って、夏になると仕事を手伝いに来ていた孫の宗一さんが、周囲の反対を押し切ってあとを継いでいる。その奥さんの下の妹が、いま泰三さんのところでバス待ちをしているのだった。

尾名川交通の幹部が訪ねてきたのは、役場で打診された数日後のことである。だがその折には、畑の土地を借りるのではなく、できれば譲っていただきたいと要求が大きくなっていた。上下線二台の回送バスが停められるようにし、簡単な整備と清掃のスペースも確保したい。けっして損にはならないはずですと示された具体的な数字は、義母のさらなる老後の世話と店のやりくりにまわすには、むしろ多すぎるくらいの額だった。すぐ裏手に運転手たちの詰め所ができればそれに連動して店の売り上げもあがるはずだし、こちらとしても気散じになるだろう。ありがたい話だ、と思いはしたものの、プレハブをつくるかわりに移動スーパーのバスを化粧直しして事務所に再利用する案については向こうから触れられず、ちょっと残念な気がしている自分を、泰三さんは意外に思った。最終的な結論は、まだ出していない。車としては機能していなくとも、バスには家からはみ出した荷物やら家財道具やらが投げ込んである。処分を考えるなら、なかのがらくた類の整理が前提になるだろう。だいいち、かりにまとまるにしても、もっと上のお役所の認可が必要なはずで、なんの変更もなくすんなり運ぶとも思えない。必要な条件を満たすことができずに立ち消えになる可能性だってある。生前、義父はよく言ったものだ。うちが世話になってるのは路線バスのお客さんたちであって、バス会社じゃない。あの連中は運転手以外、ふだんはバスになんか乗らないんだぞ。お国の組織ではないにしても、公共機関なんだから役所みたいなもんだし、店に来てくれるひとたち以外は信用しないほうが得策ってものだ、と。いわゆるうまい話は、まず疑ってかかるほうがいい。

蠅が「たばこ」の看板を揺らす。ぶんぶん唸《うな》りながら、扇風機の風にあおられるように舞って顔のまわりまで降りてくる。うるさいを漢字にすれば、五月の蠅か、と泰三さんはつぶやく。八月でも、じゅうぶん騒々しい。

「ぼくは、信じないよ!」

男の子の声で、意識がまた目の前の風景に引き戻される。そのとおり、信じてはいけないことも、世の中にはある。

「ほんとよ、さっき降りて来たとき、見えたもの。赤い、まあるい鼻で、かわいかったな」

我に返って、なにが見えたんですか、と泰三さんが伸びをするように声をかける。

「あ、すみません」彩さんが立ちあがって言う。帽子の下で乱れていた髪が、きれいに整っている。蒸し暑くても外よりはましなようで、汗はいくらかひいていた。甥《おい》っ子とおばさんだということだが、血のつながりがあるだけに、このふたりも顔がよく似ている。夏のあいだずっといっしょにいたら、泰三さんと義母のように、ほんとうの母子みたいになるかもしれない。

「さっき停留所から見えたんですけど、裏手にあるのは、古いバスですよね」

「そのとおり」

「ほら」彼女は勝ち誇ったように甥っ子に顔を近づけた。「言ったとおりでしょ」

「もっとも、動きませんけれどね。ずっとむかしに、わたしが使っていたものです。もうそんなものはご存知ないかな、あれで移動式のスーパーをやってましてね」

もしかしたら、あの伊東の奥さんを救った武勇伝を、宗一さんの奥さん、つまりお姉さんを通じて聞き知っているかとこっそり期待したのだが、なんの反応も引き出せなかった。

「じゃあ、ぼく、そのバスでいい」

「だから、楡くん、もう走れないバスなんだって」

「さっきと、ちがうバスに、乗る！」男の子はあきらめない。「乗ってあげないと、かわいそう！」

まったく、乗ってあげないと、バスがかわいそうだ。ぶんぶんまとわりついてくる蠅《はえ》を手で追い払いながら、泰三さんは心のなかで蒸し暑いバスに乗り込む。さびついた扉をひさしぶりにこじ開けて、運転席に座る。とりついたままのキーをまわしてエンジンをかけ、こんなに大きかったかとびっくりするくらいのハンドルをにぎると、自然に腕が弧を描く。前輪がじゃりじゃりと小石をはじく音が聞こえる。車軸はまだ大丈夫、雨水が床にしみ込んできてはいるけれど油圧にも問題はない。クラクションを鳴らして、さあ出発進行だ！　義母がつくってくれたみたらし団子を、死んだ妻に、椎茸名人の伊東さんに届けよう。太巻きといなり寿司《ずし》の詰め合わせを町役場にとどけよう。あの角を左、あの停留所の先を右にいくと製材所の壁が見えるはずだ。それを大きく迂回《うかい》するようにのびていく道を安全運転でのぼる。そうだ、男の子も、若いおばさんも、義母もみんな乗せてやろう。座席をつけ直し、壁を取り払い、窓を復活させて、沿道の景色をたっぷり見せてやろう。あの道、あの路地、あの曲がり角には、まだまだ変わらないところだってあるのだ。歪《ゆが》んだ記憶がその歪んだところでうまく均衡を保てば、義母の気分が悪くなることもないだろう。三本樫《がし》を抜けて左に進むと、以前はにぎやかな小学校だった大手企業の研修施設への下り坂になる。先生方のお昼のために、泰三さんは週に何度かは巡回コースに入れていた。紫野坂をのぼり、二十日山のトンネルを抜け、しばらく尾名川沿いを走って守口治療院のとなりで小一時間、納富さんの倉庫のまえで小一時間。ライトバンを走らせるのとは目の高さがちがうんだ、ひとも、木々も、空も、車も、そしてバスも、バスの運転手も、みんながみんな、はっきり見える。そうだった。あの時分も路線バスとすれちがうたびに、片手をあげて挨拶《あいさつ》を送ったものだ。

右側の三角窓から侵入してぶんぶんうなりながらフロントガラスにぶつかる蝿を追い払おうとして腕をまわすと、下りバスの運転手がびっくりしてこちらに目を投げ、一瞬、あ、という表情をしてすぐさま片手で挨拶を返してくる。なんたることか、ほんとうに、目のまえに春片行きのバスが止まっているではないか。泰三さんはいたずらをとがめられた少年のようにどぎまぎして、頭のなかで動かないバスのハンドルを大きく左に切り、あのふたりはこのバスで乗り換えだったのだ、はやく教えてやらなければと店の隅のテーブルに目をやったのだがそこにはもうだれもおらず、ふたたび顔をむけたその先の土煙のなかを、リュックを揺らし、片手に持った帽子を大きく振りながら停留所にむかって大小ふたつの影が、軽やかによぎっていった。

プリン

おばあちゃんが変だ、とあまいカラメルの香りに満ちた台所へ、息子が青い顔をして呼びに来た。

ガスの火をちいさくしてすぐ居間に行ってみると、さっきまで息子といっしょに録画のアニメを観ていた母親が顔をまっ赤にして額に汗をにじませ、胸が苦しいとうずくまっている。悠子さんはあわてて座布団を敷いてそこにいったん横たわらせ、また台所へ走った。途中、引き戸の角に足の小指をひっかけて勢いよく転び、捨てようと思っていたゴミ箱の中身を蹴散《けち》らかしてしまう。爪先を押さえ、痛みをこらえているその目のまえで、おやつに三人で食べたアンパンのくしゃくしゃにまるめたビニール袋が飛び出し、できそこないの水中花みたいにひろがっていくのが見えた。

母が高血圧と不整脈で薬を飲んでいるのは知っていたし、その薬さえ忘れなければなんとかしのげることもわかっていたので取り乱したりはしなかったけれど、こんなときにゴミの花が咲くのを妙に落ち着いて眺めたり、火を消さずにただ弱めるだけにしておこうと考えたりしたことが、なんだか薄情に思えてくる。それでも、食べたいといったのは母なのだ。せっかくつくったものをあと一歩のところでだいなしにしたくはない。冷たい水をコップ一杯注ぐと、それを持って足をひきずりながら、今度は慎重に歩いた。

「母さん、これ、水」

さっき寝かせたままのかっこうでまるまっていた母が、仰向けになって深く息を吸い、また吐き出す。

「おばあちゃん、水」と息子が言う。右手で支えながら上体を起こし、ひと口、ふた口飲ませたが、息はまだ荒く、顔色が赤と白と青のあいだくらいでかたまっている。

「薬は飲んだの？　今日の分の薬」

「飲んだよ。さっき、パン食べたあとに」

母がかすれるような声で言う。

「ぼくがおばあちゃんに水あげた」

息子が心配そうに、でも自慢げに言い足した。

「頓服《とんぷく》みたいなのはもらってる？」

「食後に飲む薬だけだよ。じっとしてれば、たいがいおさまる」

「だといいけど。やっぱり疲れたのよ。気を遣わせちゃったから。ごめんね。ここで横になってたほうがいいかも」

寝室の押入から毛布を取り出すと、悠子さんはそれを居間に運び、座布団四枚分の大きさしかない母親のうえにそっとかけた。身体に厚みがない。おなかと背中が、童謡の歌詞にあるみたいにくっついている。

「雄飛、ビデオはまたあと。おばあちゃん休ませてあげなきゃ」

「うん」状況を理解しているのかいないのか、よくわからない声で息子が答える。

「電気消すよ。はやく」

悠子さんが畳にぺたりと座って母親とテレビの双方を観ている息子の手を取ろうとすると、いいよ、ここで観てな、と下から弱々しい声がした。

「おばあちゃんは横になってるだけだから。好きなだけ観なさい。だれかここにいてくれたほうが、かえって安心だよ」

「そう？　じゃ、なにかあったら、雄飛に言ってね」

悠子さんはまた痛む足をひきずりながら台所に戻り、蒸し焼きにしているプリンを器ごと軽く揺すって加減をたしかめた。真ん中あたりに、ちょっとした波が立つ。あと、すこしかな。火の大きさは変えずに、数分のあいだその場で見張っていた。換気扇をまわしているのに吸いきれない湯気がひろがって、台所ぜんたいがなまあたたかい。喉《のど》にはちょうどいい湿度だ。さっきは気づかなかったけれど、グラニュー糖の袋が横だおしになっていて中身がかなりこぼれでている。ほんとうは、はやめにカラメルだけこしらえて冷蔵庫で冷やしておきたかったのだが、時間がなかった。

悠子さんにプリンの作り方を教えてくれたのは母親で、その母親のプリンが大好物だった父親が先年亡くなった。結婚まえ、実家から仕事に出ていた悠子さんは、週末に片づけを手伝うだけで、料理はもちろん家事の大半を母に頼り切っていた。家を出ることになって料理をひとそろい母親に習い、プリンのレシピも教えてもらったのである。

父が死んでしばらくしてから、悠子さんは義父に母譲りのプリンを出したことがある。すると義父は、悠子さんの、権現山のお母さんのところへ届けものをしたとき、たまたまそのプリンを出してもらって、世の中にこんなうまいものがあるのかってほんとに感心したもんだ、と話してくれた。職場がたまたま近かったので、陽気でおしゃべり好きな義父はひとり暮らしの母のところへちょくちょく顔を出すようになったのだが、ある日、母からそのプリンを御馳走《ごちそう》になったのである。

「そのときはこんなおしゃれな器じゃなくて、まるいお椀《わん》だったなあ。うちはみんな和食に和菓子で、こういうものは食べ慣れてないから、具のない茶碗蒸《ちゃわんむ》しみたいなのをわざわざ冷やして食わせるのかなんてびっくりしたよ。でも、食べてみて驚いた。うまい。絶品だねえ、あれは。お椀をさかさまにしてポンポンと軽く底をたたくと、中身がぷりんと出てくる。プリンてのはそういう意味じゃないかね。器のまま匙《さじ》ですくって食うもんだとばっかし思っておったんだが、ひっくり返したら、頭のほうにこれとおなじ、あまいとろっとしただし汁がかかっていて……」

「お義父《とう》さん、それはだし汁じゃなくて、カラメルです」と悠子さんは訂正した。

「お砂糖を煮詰めたもの。カラメル。キャラメルとおなじカラメル」

「うん、そのカラメルっていうだし汁がじつにうまかった。悠子さんのは、うまいうえに、ちょっと苦みがある」

「それは……ただ砂糖を焦《こ》がしただけです」

「なるほど。期せずしてよい味が出てるってことか」

雄飛が離乳食を受けつけ、やがていっぱしの食事ができるようになったころから、山之内家ではこの伝家のプリンを作ることが増えて、悠子さんの腕もいっきに上達した。義父の説明のとおり、夫は甘味といえば和菓子を求める。甘党というほどではないので、プリンを焼いてもあまり反応を返してくれないのが残念といえば残念なのだけれど、息子のほうは大好きになってくれた。

以前、母のプリンを食べていたときには父のことばかり思い出していたのに、この家の台所に立っていると、はじめて会ったころからずっと自分を信用してくれて、カラメルを焦がせばちょっと焦げたほうが好みだと言い、砂糖を入れすぎればあまいほどうまいと言い、味が薄ければそのほうが身体にいいと言って、いつもおいしいを連発してくれた義父の顔のほうが鮮明に浮かぶようになっていることに、悠子さんは感慨をおぼえた。父もよくしゃべるひとだったが、義父はその倍ちかくしゃべり、笑い、冗談を言う明るい性格で、さみしそうにしていた母にとっても、いつのまにかだいじな話し相手になっていた。

その義父が二週間まえに逝《い》ってからの騒ぎの連続は、山之内の家族みなの精神状態を不安定にした。とくに母親は持病があるにもかかわらず、やはり丈夫とはいえない義母とふたり、夫の親族を向こうにまわしてあれこれ立ち働き、思いがけない出来事の連続に疲弊しきっていた。

けちのつきはじめは、町の仕出し屋に頼んだ弁当を食べた親族のうち、佐野倉の大叔父と呼ばれているちょっと堅物で融通のきかないひとその妻、そして婿《むこ》夫婦の四人が、帰途、体調をくずし、そこから最寄りの救急病院へ運ばれたという事件だった。龍田屋さんというその仕出し屋は夫の紹介で、悠子さんの家でも節目節目の集まりにお願いするようになっていたのだが、佐野倉の大叔父の友人にたまたまこの地域にチェーン展開している弁当屋がいて、どうしてもそこに頼みたい、じつはもう口をきいてやると請け合ってしまった、沽券《こけん》にかかわることだし、安くしてくれるはずだからこちらに変えてくれというたっての願いを、夫がきっぱりと断ったのである。プラスチックの容器ではなくちゃんとしたお重で出してもらわなければさまにならないし、龍田屋の味を父が好んでいましたから、というのがその理由で、悠子さんも、母親も、義母も、それには賛同していた。

ところが、当日その弁当を食べた親族のうち、べつの弁当屋を薦めた大叔父たちだけが食中毒の症状を訴えたのだ。幸い大事には至らなかったものの、彼らはそれみたことかと夫の「傲慢さ」や悠子さんの「追随ぶり」をとりあげて貶《おとし》めるような話をあちこちで披露した。身内だけでなく、先のチェーン店をつうじて龍田屋の悪評をひろめさせるような手管をつかい、まさかそこまでとは予想だにしなかった夫をも苦しめることになった。

龍田屋さんが真っ青な顔で家にやってきたのはその数日後のこと、悠子さんが差し出したお茶には手も触れず、主人の龍田さんは頭を下げたままで喋《しゃべ》っていた。なんとお詫《わ》び申しあげたらよいのか、大切な集まりでこのような不始末を起こしましてと畳に頭をこすりつけるようにあやまるのを、悠子さんは夫の背中越しにお盆を抱えながら眺めていた。詫びにやってきたひとにお茶を出してどうぞごゆっくりなんて言うこともできないし、といって、なにも出さずに放っておくのも気の毒だと、葬儀の夜のために買っておいた新茶を、こんなときこそという気持ちで丁寧に淹《い》れて出したのだった。

起きてしまったことに夫はあれこれ文句を言うつもりなどなかったようで、四人とも一晩入院して点滴を受けたらすっかりよくなり、いまはもうなんの心配もいらないと伝えた。車での移動中におなかが痛くなって怖かったんでしょう、実際よりやや大げさな反応だったかもしれませんし、となぐさめるように言った。保健所の検査ではホタテのフライがあやしいだろうというあいまいな結果しか得られず、腹痛の原因はいまもって不明なのである。しかし保健所が動けば、こんなちいさな町ではもうそれだけで悪しき既成事実となってしまうのだ。もっとも、黄色ブドウ球菌だの、腸炎ビブリオだの、ノロウイルスだの、どこかで聞きかじってきたことをならべて鬼の首を取ったようにまくしたてた佐野倉の大叔父大叔母たちにとっては、龍田屋に下された三日間の営業停止処分など無罪に等しいものだったにちがいない。

悠子さんの夫の康彦さんはスポーツ用品の卸を手がけていて、この地域のスポーツイベントにはかならず道具を貸し出しているため、土日は外に出ていることが多い。大きな大会になると泊まりがけになって、お昼も関係者といっしょに現場で済ますことが少なくないのだが、そういうときには予算の都合もあるので、たいていは県道沿いのショッピングモールに入っているお弁当とお寿司《すし》のチェーン店に注文する。ただ、おなじ市の催しでも、地元出身の県会議員などが貴賓席に座っているような季節ごとの大会では、テント席の人間にだけ、高くはつくけれど味のたしかな仕出し屋に頼むこともあって、龍田屋は出入りの業者のなかでもっとも信頼されている老舗《しにせ》のひとつだった。

「関係者用の弁当は市の金から出す。でも、県から来る連中には、当日の企画とは別の予算があてられるって話だよ」

いつだったか、納得のいかない顔で夫がそう話してくれたことがある。しかし、当局のやり方に不満はあっても龍田屋の応対と味はたしかで、山之内家で冠婚葬祭にこの店の定番弁当を注文するようになったのは、それを見ていた夫の判断によるものだった。とくに親しくしているわけではないのだが、龍田屋のご主人とは、だから数年来のつきあいになる。

　はじめての営業停止を申し渡された龍田さんの落胆ぶりは、はたで見ていても気の毒になるほどだった。三つ星レストランが二つ星に降格したら、シェフの心境はこうもあろうかというくらいのやつれ方で、いったいなにがいけなかったのか、それが龍田さんにはわからないのだった。原因不明と結論づけるのが役所のするべきことかとまず腹が立ちまして、と龍田さんは顔をあげてから落ち着いて話し出した。疑いのかけられたホタテは産地直送の冷蔵便で入れているもので、鮮度は申し分なかった。火はよく通しているし、これまでどおりの手順を踏んでいるのであれば、事故の起きようがない、と。

「二十五年やってきて、これまで一度も粗相はなかったんです」と龍田さんは言った。「調理場に入るまえの手洗いとうがいは義務づけておりますし、髪の毛が落ちないよう頭巾も着用しております。マスクは申すまでもありません。電子部品の工場みたいでどうも気に入らないんですが、ビニールの、使い捨ての上着もつけております。清掃と消毒も定期的にやって、それでもミスが出た。情けないことです」

　素材に問題がないとすれば、どうしたって調理場の、さらには調理師の不手際《ふてぎわ》になる。おまえが悪いと言われてもしかたがないわけだ、と龍田さんは観念した。過失を素直に認める、というのとは、ややちがうかもしれない。しかしなすべきことは、一刻もはやく、心からのお詫びを述べることだった。悠子さんの夫から住所を聞いて、佐野倉の家まで出向いて頭を下げてきた。手みやげになにがよいかと迷いましたが、こんな場合、口にいれるものは避けるべきだと判断して、失礼かと思いつつ、商品券にさせていただきましたと龍田さんは言う。その帰りに立ち寄ったということだったが、夫はお詫びの品を固辞した。

「役所でも原因が特定できないっていうんですから、あのひとたちの体調がとくにすぐれなかったってことも考えられるでしょう。うちはふたりとも、なんともなかったんですしね」

悠子さんも、それとなく賛成した。収まるところに収まれば、それ以上文句をつける筋合いはない、と思っていたのだ。

「いろんなものを飲み食いして腹をこわしたっていう程度じゃないですか。もうお気になさらなくったっていいですよ」

「……一時、だれかのいたずらじゃないかと疑ったんです。しかし、そんなふうに思うことじたい思いあがりでした。ひとつのミスもなかったとかりに証明されたとしても、山之内さんのご親族がうちの弁当を食べて体調を崩された事実がある。言い訳しようとした自分が許せませんでした」

ひとにあやまるのって、どうしてこうむずかしいのだろう、と悠子さんはあらためて思った。龍田さんの言葉はただしい。潔癖で、正直で、気持ちがいい。けれど、受け取るひとによって、その前置きの部分に正反対の解釈がうまれるかもしれない。そういうことを考え出すともうきりがなくなって、食中毒だのなんだのとはまたべつのほうに頭が働く。それで、よけいに疲れてしまうのだった。

*

蓋《ふた》を取り、もう一度器ごと揺すってみる。表面は寒天みたいに固形化して液状の箇所がほとんどなくなっていた。もういいかな、と悠子さんは火をとめる。母にプリンを教えてくれた先生は、むかし雪沼のスキー場のある町にあった料理教室に何年か通っていたひとで、ハイカラなところと古風なところが入り交じった不思議な雰囲気の御婦人だったのだが、その先生は、表面に穴が空いてしまうけれど皿にひっくり返せばなんの問題もないといって、プリンの焼き加減をみるのに、茶碗蒸しとおなじように串を刺していた。母もそれにならい、竹串を使って火の通りを判断していた。しかし悠子さんは、この方法を採用しなかった。串に中身がすこしこびりついて表面を崩すことがあって、それが気に入らなかったからだ。

とにかく、あとはすこしさまして、常温近くになったら冷蔵庫に。そう思ったとき、雄飛がその名前どおりの勢いで飛んできた。

「おばあちゃんが、お母さん呼んでくれって。苦しいって」

居間に急ぐと、母親がさっきよりも赤い顔で、ふうふう頰をふくらませて息をしている。悠子さんは足の痛みを忘れていた。

「いつもとちがう？」

「わからないんだよ、それが」と消え入るような声で言う。「でも、ふだんより、ちょっとつらいね。胸が苦しい」

「ああ、こういうときにかぎって、あのひと出張なんだから」とため息が出る。「どうしよう。救急車呼ぼうか？」

母は小さくうなずいた。

「大丈夫。あたしがついて行くから」

母親は閉所恐怖症の気味があって、車であれなんであれ、閉じられたものが大の苦手なのだ。病院で勧められたＭＲＩをぜったいに受けようとしないのもそのためで、あたしは死んでも棺桶《かんおけ》には入らないというのが口癖だった。すぐに一一九番を呼んで容態を説明すると、十分前後で行きますと言う。この近辺には消防署もないのに、そんなにはやく来られるのかと半信半疑のまま雄飛に上着を着せ、Tシャツやタオルなど必要になりそうなものを適当に選ぶと、まとめてショルダーバッグに投げ入れた。雄飛が暇をつぶせる本も二、三冊入れて、夫の携帯電話にかけてみる。留守電になっていた。状況を簡潔に吹き込んで、様子をうかがいながら、十分てこんなにながいものか、と悠子さんは思った。龍田屋さんが畳に顔をつけるようにしたまま動かなかった数分もいつ終わるかというくらいながかったけれど、その比ではない。

結婚するまえに勤めていたスーパーでは、お客さんになにかあった場合、どんなに承伏できないことがあっても言い訳なしでただちに謝りなさい、対処できないときは責任者を呼んで、とにかく平身低頭、相手の顔も見ないで身体《からだ》を折りなさいと命じられていた。お客様第一というのだろう。それはそれでいい。悠子さんが納得できなかったのは、お客様第一のかけ声の裏で、悪い言葉を使えば、いかにお客をあざむくか、それしか考えていないような上の人間の態度だった。四の五の言わず、事実関係なんて確認するまでもなく、とにかく悪うございましたで済ませろの一点張りで、要するにそれは、相手の健康を案ずるというより世間体を気にしてのことで、どんなに頭を下げても本気で謝っているようには見えなかった。

龍田屋さんは町のちいさな仕出し屋だ。何十人、何百人も従業員を抱えている企業ではないから、客ひとりひとりとの関係はもっと密になる。万が一、今回のような事故があって、即座に詫びなければ、あっというまによからぬ噂《うわさ》がひろまって信用を失うだろう。それこそ余計なことはいっさい付け加えずに、ただ謝ればいい。それなのに龍田屋さんは、あきらかに不要な言い訳をつけていた。みっともない、けしからん、と怒る客もいるはずだが、心の動きをそのまま述べてしまった龍田屋さんの不器用さのほうを、悠子さんは認めたい気分だった。佐野倉の大叔父たちの病状がもっと重かったらとてもそんな余裕はなかったはずだともわかっているし、新聞や雑誌で活字に起こされたものを読んでいるだけだったら腹を立てたにちがいない。しかし謝っているときの話し方、挙措、そして目の動きなどを見ているかぎり、本心が伝わってくると思った。

「おまえも案外、寛容だな」

龍田さんが帰ったあと、夫がそう言った。案外とはなにごとよ、と言葉を返しながら、その寛容さに、もうひとつ、べつの理由があることまでは、話さずにいた。じつはあの日、佐野倉のひとたちだけ体調を崩したのは、一種の天罰だと考えたくなるようなところもあったからである。

夫とは同い年で、二十三歳のときに結婚した。今年で十二年目になる。雄飛は七年目でようやく授かった子どもだった。家督という言い方はさすがにこの地方でも死語になっているけれど、幸い夫はひとりっ子だから、そういうわずらわしさはない。ただ両親のほうには係累《けいるい》が多く、亡くなったばかりの義父がいわゆる本家と呼ばれている長男だったために、夫もそのまま一族の長のような役を振られていて、二、三年に一度は口実を設けて遠方に住む叔父叔母や従兄弟《いとこ》たちにも声をかけ、親族が集まる日を準備しなければならなかった。

家での夫はわりあい無口なほうで、人当たりがいいのは仕事まわりの人間に対してだけである。親戚とは、父親があいだに入ってくれてやっとのことつきあえるような距離があり、自分が仕切っているはずなのに、なんだか妻の親族のほうにひとりだけ出向いてきたようなさみしさを漂わせていた。めったにつきあわない人々を親しい族と呼ぶことの重みを、だから悠子さんはつねに感じている。それは母もおなじだっただろう。だれと話しても初対面のようになってしまうのだ。親戚という言葉は、使えば使うほど遠く、そして重い。

わたしだって、山之内家で赤の他人だと見られているわけではない。血はつながっていなくても、親族は親族だ、と悠子さんは思った。けれど、喪服の黒がタールのように重く澱《よど》んだ塊をつくっている大きな部屋で参列者の顔をひとりひとりたしかめても、どこのどなただったのかがすぐに判別できないのだった。たぶん参席するだろうとあらかじめ聞かされていた方々の名と顔を順々にあわせて、じゃあ、あとは、あのひと、このひとと消去法で考えていっても、なお消しきれない顔が残る。わざとなのか、それとも知らずにそうしているのか、世間ずれという言葉をつねに肯定的に使っている友人が、いつだったか、冠婚葬祭なんていつもそんなものよと諭すように言った。

「新郎とわたし、新婦とわたし、亡くなったひととわたし。確実なのはその一対一の関係だけで、自分以外の出席者、参列者がそれぞれにだいじにしてきたはずの一対一についてはまったくわからないし、おたがいほとんど関心がないでしょ。大きなホテルでの披露宴や、いくらか名のある人物の告別式に紛れ込んで、食べるだけ食べて出て行くひとがむかしよくいたわよ。展覧会のオープニングがあると聞けばどこへでも出かけていって、いかにも関係者の顔をして酒を飲んでた先輩が何人かいたもの。けれど、そうやって、匿名《とくめい》でなにかをするのは、まだましなの」

もっと血のつながりの濃い場所で、一対一しか見ようとせず、またそのようにしか見えないことのほうがおそろしい。そして、たいせつな一対一の関係を周囲と共有しようとするかわりに、自分だけのそれを押しつけようとしてくる人間がひとりでもいたら、座はとても耐えられないものになる。世間ずれとは、そういうことに対する免《めん》疫《えき》ができているとの意味だった。世の中ではそれを、大人と称することもある。

その点、義父は、プリンにかぎらずなんにでも興味をもって接し、だれとでも自由に話せる、あの世代としては、そしてこの地方ではとてもめずらしい、開かれたひとだった。仕事がら夫も顔がひろいけれど、義父の場合は横だけでなく縦のつながりも持っていた。雄飛が生まれるすこしまえの法事のとき、佐野倉の大叔父が酒を過ごして車で帰れなくなり、大叔母と従兄弟たちの四人が、この狭い家に泊まったことがある。ホテルや旅館など近くにないので、悠子さんがおなかの子を連れて実家にもどり、玉突きのようにスペースをつくることになったのだが、布団《ふとん》が足りない。夜の十時を過ぎていたので頼るべきところもなかった。そのとき、いっしょに話をしていた義父が、三隅町の角の布団屋がまだ緊急時のための貸し布団をやっていたはずだ、あそこの親父はよく知っているひとだからと電話をし、たちまち数組の布団を手に入れてくれたのである。

横になるものさえないといって険悪になりかかっていた雰囲気が、それでようやくなごんだ。ところがである。佐野倉の大叔父は、その布団が臭いと文句を言い出し、どこぞの体育館で敷くような代物《しろもの》を客に出す奴《やつ》があるかと、酒の勢いで義父を難じはじめたのだ。それも、ちょっと聞いていられないくらいの乱暴な言い方で。夫はその場にいなかったのだが――肝心なときに、いつもあのひとはいない――、あんたの倅《せがれ》のことで力になってやったことを忘れたか、おれを粗略に扱うとほんとのことを言うぞ、と悠子さんのほうをちらりと見ながら聞き捨てならない台詞《せりふ》を吐いた。

義父とその大叔父の関係は、何度か夫に図を描いて説明してもらった記憶があるのだけれど、悠子さんにはよく理解できなかった。あとで義父に、ほんとのことってなんですか、とたずねてみたのだが、なんでもない、気にすることはないよ、の一点張りだった。

「あんたはお母さんではなく、叔母さんに似ているねえ、瓜《うり》ふたつだ」

子どものころ、ことあるごとにそう言われた。あのときの、説明のできない悲しさを、悠子さんは忘れていない。直接血のつながっているひとのその上にさかのぼり、もう一段階降りた叔父叔母のところまで下がって、似ている、似ていない、と語ることが、なんだかとても不愉快だった。むしろ不純に思えた。ただ、どうして不純だと感じるのか、その理由が自分でも見つけられないのがもどかしかった。食中毒と龍田屋のお弁当の関係が突き止められなかったように、不純だと感じる気持ちの根がどこにあるのかがはっきりしないのだ。

比較の対象が祖父母であったら、我慢もできただろう。外国の血が入っていたりすれば、なおさらそのへだたりをありがたく感じたかもしれない。父母を通り越した血筋の抜け道。隔世遺伝とは、遠まわりの血の遺《のこ》し方ではなくて頭越しの乱暴さをはらんだ手品のようなものなのだろうか、と悠子さんは思う。たとえ目鼻立ちだけであっても祖父母に似ているのであれば、それをどう受けとろうと、じいさんばあさんにそっくりという言いまわしに見合った、あたりまえの現象にすぎない。ところが引き比べる対象が叔父叔母だった場合、どのような反応を返したらいいのか混乱してしまう。夫の容貌《ようぼう》が両親のどちらにも似ていないことは、当初からなんとなく気づいていた。でもそんな例はどこにだってある。事実、わたし自身がそうなのだから。婚礼の折にずらりとならんだ親族のなかに、夫に似たひとがいないわけではなかったけれど、その似方は血のつながりというよりも、ながくおなじ地域に暮らし、おなじ土地のものを食べ、おなじ言葉を話しているうちに自然とできあがってくるものに近い。まさか、と思いながら、その晩の大叔父の狼藉《ろうぜき》のなかで発せられた台詞について深く追求する勇気も心の用意もなく、以後はずっと考えないようにしてきた。血がつながっていようといまいと、ひとは結びつくべきひとと結びつく。たとえ、それが親と呼ばれる存在であっても。

義父の通夜に食べたもので食中毒になったのが、他の参列者ではなくて、あのひとたちでよかったとの心の流れには、だから、いささかの違和感もなかった。そして、そう感じたことを、夫にはもちろん言わずにいたのだった。

＊

車の気配が夜道をつたってきた。住宅地に配慮してか、サイレンの音はない。やがてドアの開閉音が聞こえて呼び鈴が鳴り、応じると白衣を着た救急隊員がふたり、しずかに入ってきた。もっとあわただしい感じかと思ったら、ずいぶんゆったりした動きだ。

「お、なんだか、いいにおいですなあ、なんですかこれは」

タクシーの運転手や看護婦さんがよく使っている、あのグレーの書類留めを持った中年の隊員のほうが、家のドアを開けるなり患者はどこかもきかずに発したのは、そんな台詞だった。もうひとり、若手のほうは、なにも言わずにじっと立っている。苦しんでいる人間がいるのに、その確認もしないで「いいにおいですなあ」なんて、なに考えてるんだろう。むっとしながらも、悠子さんは、そんなふうにせっぱ詰まった話題をさけるのも、病人やその周りの人間を落ち着かせる方法なのかもしれないと思いなおした。むかし通っていた短大の研修で、身体の不自由なひとたちの手助けをしていたとき、そういうやり方もあると教えられた記憶がある。とはいえ、救急車を呼ぶ段階の電話の問診で、母の意識がはっきりしていること、はじめての症状ではないことは伝えてあった。ベテランの救急隊員は、その事前情報と最初の一瞥《いちべつ》で、どこが悪いのか、たいてい見当がつくものらしい。

「プリンを焼いてたんです」

悠子さんは正直に言った。べつに隠すようなことではない。

「その途中でぐあいがおかしくなりまして」

「食べてる最中にですか？」

「いえ、焼いてる最中に」

「なるほど。しかし、手製のプリンとはうらやましいですなあ。スーパーで売ってる、器の底のポッチを壊して空気を入れると、すとんと出てくるようなのとちがって、さぞかしうまいでしょう」

「ぼくプリン、食べる」と雄飛が口を出す。

「そうか、楽しみだねえ。自家製のプリンだものね」と中年の隊員さんが言った。

「うん」

「それで、悪いのは、そこのお母さん？」

「はい」

悠子さんが答えるまえに、母が割合にはっきりした声を出したので驚いた。見ると、さっきより顔のむくみと火照《ほて》りがなくなって、やや落ち着いた表情になっている。山場はもうすぎたということだろうか。

「どうされました？　息は苦しいですか？」

「はい。でも、さっきよりは楽です」

「そうですね。電話でうかがった症状よりは軽いように見えますよ。薬は、じゃあ、いつものを飲んだんですね。脈をちょっと診てみましょう……なるほど。熱は？」

「まだ測ってません」と悠子さんが言った。

「じゃ、測ってみてください」

若いほうの隊員さんが、白衣の胸ポケットに入っている電子体温計を貸してくれた。アラームが鳴って取り出してみると、平熱だった。

「お医者さんはどちらにかかっておられます？　浮島病院？　砂土原の先の。だいぶ遠いですね」

「今日はたまたま泊まりに来まして、実家は、というか母の家は、砂土原なんです」

「ははあ、そういうことですか。わかりました。じゃあ、お母さんね、この時間、浮島さんとこはちょっとむずかしい。救急でまずは診てもらいましょう。歩けますか？」

「わかりません」母が言う。

「起きられます？　立てますか？　玄関狭いし、おんぶしてあげますから、まず車に乗りましょう。受け入れ先を聞いてみますね」

はじめから取り決められているらしく、若いほうが無言で背中を差し出した。

「さっきは、急に顔がほてって、苦しかったですが、いまは、だいぶ」

知らないひとの背中のうえで、母が言う。熱もないと聞いて、なんだか仮病がばれたような、恥ずかしそうな顔をしている。問い合わせた結果、搬送先は、やはり県立病院になった。付き添いはひとりが決まりのような雰囲気だったのだが、悠子さんは事情を話して息子とふたりでついていく許可をもらった。

「ぼくも、救急車に乗れるの！」

「そうだよ」と中年の隊員さんが笑みを浮かべる。「でも、おとなしくしてないと、おばあちゃんに悪い。約束できるかな？」

「できないと、先生に注射してもらうよ」

「できる」

息子の顔がさっと青ざめる。冗談が通じない年齢なのだ。でも、そのほうが都合はいい。救急車のなかは、蛍光灯がまぶしいくらいについていた。ふさがれた窓に映った自分の顔を、母親のそれと見比べる。似ている。似ていない。似ている。似ていない。やはり、似ている？　かつては似ていなかったのに、いまはどこかしら似ている。目元の切れ方、二重まぶたのたるみ、眉の角度と太さ、鼻のかたち。なにもかも、髪の生えぎわまでそっくりだ。なのに、あごの先だけが異なっている。そのあごが、みごとに叔母のあごだった。じゃあ、緊張気味の雄飛は？　夫に似ているのか、義父に似ているのか？

母の血圧を測る。マジックテープのばりばりいう音、しゅしゅしゅと空気を送り込む音、シュースーとまた空気の漏れ出る音がして、上が一七〇、下が一一〇、と若い隊員さんの声がする。真っ平らな硬い座席にすわって、厚みのない母の身体に触れる。

龍田屋さんが家に来て二、三日経ってからだろうか、夫が仕事先で妙な噂話を聞き込んできた。あの店を手伝っている行かずのひとり娘に子どもができた、というのである。近所のスーパーでときどき姿を見かけるけれど、娘さんはもとから太っていたし、いつもたっぷりした空気層のあるような服の着方をしていて、仕事着も余裕のある白衣だったので、まさか妊娠しているなんて周囲のだれも気づかなかった。ずっとふつうに仕事をして、ずっとふつうにしゃべって、歩き方だってふだんとなんら変わりがなかったらしい。食欲も、まるで落ちない。ところが、あとで聞いたら悪阻《つわり》だけはちゃんとあったという。ただげっそりと痩《や》せなかっただけのことで、苦しむことは苦しんでいたそうだ。

噂は、あとからいろんな尾ひれをつけて伝わってくる。食中毒事件の少しまえ、それまでふつうに働いていた娘さんが休みをとった。一同心配していると、翌々日、青白い顔で姿をあらわし、そのまま仕事に戻った。龍田さんが問いつめて、相手がだれなのかまではいちおう言わせたのだけれど、ひとりで生み、育てるといってきかない娘を抑えることができなかったんだよと、夫はまるで見てきたようなことを言う。そして、食中毒事件があったのは、まさに娘さんが外からはそうとわからない悪阻に苦しんでいる時期で、義父の葬儀の前日、蒸しもののにおいや、特注弁当のために用意して大瓶に入れておいた養殖うなぎがとぐろを巻いているのを見たとたん、激しくもどした、というのだ。

これはもちろん噂の域を出ていないし、しゃがみこんでそのまま瓶のなかに吐いたわけでもないから、うなぎとの関連は信憑性《しんぴょう》に乏しいのだけれど、輸送疲れでぐったりしていたうなぎたちが翌朝やけに元気だったなどとしたり顔で言うひともでてきた。彼らがどうして持ち直したのか。その解答が、龍田さんの娘の悪阻だったというのである。

気持ちの悪い話をしないで、と夫に文句を言いながら、雄飛がおなかにいるときは、蒸し器を使った料理がどうしてもできなかったことを思いだした。炊飯器から噴き出るお米のにおいですらだめだった。パンクの有無を調べるために水につけた、黒くぬるぬるした自転車のタイヤのチューブみたいにうなぎがとぐろを巻いているのを見れば、健康なひとだってあまりいい気持ちはしないだろう。

「大丈夫そうですよ」

救急隊員さんに声を掛けられて、悠子さんは我に返る。

「もうじきですがね、お母さん、気持ちよさそうに寝てますな。疲れてたんでしょう。意識を失ってるとか、そういうのじゃないですよ。適度の揺れがね、案外気持ちいいもんなんです。こういう方、よくいらっしゃいますよ。先生の診立て次第でしょうけど、帰ったらプリン食べさせてあげてください。息子さんにも。ね、ぼく……」

返事はなかった。さっきまで隣に座っておばあちゃんの顔をじっと見つめていた雄飛も、いつのまにかこちらに寄りかかっている。息子の寝顔は、ともあれ母にそっくりだ、と悠子さんは思った。

消毒液

陽一の父親のことを、彼女は旦那《だんな》さん、と呼ぶ。ちょっと鼻にかかった感じで眉間《みけん》のあたりに言葉の端がひっかかっているような声のくぐもりと、その音を奥に流し込むためなのか、話の節目にちいさく息を吸って鼻先をすこし上にむける癖があるのだが、でも声じたいはとろけてしまわず、意味をしっかりこちらにとどかせる硬さもあった。その声で、彼女、つまり靖子さんは、配達から戻った雇い主に、旦那さん、と呼びかける。それまでお中元やお歳暮の忙しい時期に手伝いに来てくれていたことのある女性たちは、みな店長と呼んでいたのに、靖子さんだけはなぜか最初から旦那さんで、声を云々《うんぬん》するより先に、その呼び方のなんとはない不自然さに、陽一は惹《ひ》きつけられたのかもしれない。

靖子さんが来てからというもの、学校から帰るとまずレジ裏の居間で宿題を片づけ、こんどは友だちと遊ぶために、さっきまで掃除をしていた校庭に自転車でもどる、そういうのんきな毎日のリズムがいくらか崩れて、わずかな勉強時間のあいだに響く声がしばしば集中力を乱し、一刻もはやく仲間と合流したいという焦《あせ》りと、できればもっと家にいてお客さんや電話に応対する彼女の声を聞いていたいという奇妙な願望にさいなまれて、陽一は落ち着きをなくしていた。先生にだめを出された課題に頭を悩ませているうち遊びに行くタイミングを逸し、夕刻まで居間の座卓から離れられずにいると、配達に出ていた父親のトラックが帰ってくる。入り口に厚い布地の、つなぎみたいなエプロンが見えるなり、靖子さんが声をかける。

「旦那さん、富士屋の奥さんが回覧板を持っていらしたんですけれど、どうも先日お預かりしたのとおなじものみたいなんです。お返しして教えてあげたほうがいいんでしょうか、それともこのまま回してかまわないんでしょうか」

「中身がおなじなの？」

「はい」

「うちが二番目なんだし、勘ちがいだといけないから、確かめたほうがいいな」

「あ、それから、旦那さん、この伝票差しの針に、テープかなにかの糊《のり》がついてるらしくて、ねばねばしてるんです。はずして掃除してもいいですか」

「それは、俺のせいだな。こないだ破れた伝票にテープ貼《は》って、そのまま差しちゃったから」

「じゃあ、無水アルコールかなんかで拭《ふ》いておきましょうか」

「そんなのうちにないよ。酒ならいくらでもあるけど」

「あした、家から持ってきます」

「そりゃあすまないね」

そういう呼び方に慣れているのか、父親のほうはべつだん困った顔もせず、声に誘い込まれる気配もない。でもふたりの会話を聞いているかぎり、靖子さんのほうの言葉のつなぎには、例の甘美なひっかかりが生じているように感じられた。どうも、とか、それとも、とか、じゃあ、とか言ったあとで一拍、いや、半拍くらいの間があり、小骨が喉《のど》を通りすぎたようにすっきりした声になる。表情が柔らかくなり、逆に音のほうは硬くなるのだ。

「それから、旦那さん、野木町の、つつみ庵《あん》ていうところから電話があって、急ぎで辛口の日本酒と、烏龍茶《ウーロン》の小瓶を何ダースか持ってきて欲しいんだそうです」

「あそこはそばつゆが甘すぎるから、酒は辛口のほうが出るんだ」

「お蕎麦《そば》屋さんなんですか」

「そうだよ。知らずに注文受けたの？」

「はい」

その「はい」が、ピアノの消音ペダルを踏みこんだときの音みたいに響く。

「今すぐ？」

「だと思います」

「わかった」

陽一の家は、ちょっとした菓子類や生活雑貨も置いている、ごくふつうの酒屋だ。スーパーだけでなく、大量仕入れによる安さと無料配達を売りにするチェーン店が近隣にでき、数軒残っていた同業者がリカーショップなどと改名してそれらしい雰囲気を出したり、全国各地の銘酒を揃《そろ》えて時流に乗ろうとしたりしてうまくいかず、結局廃業に追い込まれていくさまにおびえながらも、生活を維持するだけの仕事はなんとか確保していた。父親は、大きな利益にならないとしても、とぎれずにちょこちょこと買ってくれるお客さんや人と人のつながりを大事にしてきたから、なんとか持ちこたえてるんだ、とことあるごとに言う。そのとおりだ、と陽一も思う。

大口の顧客も、あるにはあった。いまではこの地方の最大手といってもいい砂土原興業もそのひとつなのだが、それとてもとは小口のつきあいからはじまったのだ。陽一の父親は、地元の商工会議所の寄り合いで、なんの見返りもない雑務を黙々とこなしている姿を先代の社長に気に入られて声を掛けてもらえるようになり、そのうち現社長である息子の良一郎とも親しくなった。先代が例会で使っている料亭や飲食店に口をきいてくれたことはたしかに大きかったが、良一郎の代になって、建築現場へ飲みものをまとめて届けるようはからってもらったことが、なによりもありがたかった。二つ三つの箇所で進行中の現場をまわり、弁当のお茶や休憩のときの缶コーヒーなどを届けることで、ずいぶん救われた時期があった。

いつか家に食事に来たとき、現社長は、そんな思い出話をする父親に対して、吾郎さんよ、勘ちがいしてもらっちゃ困る、と言い返していた。親父《おやじ》はともかく、俺は俺なりにドライにやってきたし、いまもそうだ、お宅から買ってたのは、そのくらい大量に頼めば安くできるのをちゃんと確かめたうえでのことだったんだから、と。感謝の気持ちをうまく言い表せずに、父親は黙って頭を下げていた。

配達は父親がひとりでこなしているので、日によっては車で外をまわっている時間のほうがながくなる。店番は母親の担当なのだが、原因のよくわからない病気でいまは入院中だ。たっぷりご飯を食べ、ゆっくりと風呂につかり、たっぷりと寝る。たっぷり、ゆっくり、たっぷり。この三つを忠実に守ればたいていの病気は治せると言い張って、ほんとうにそれで治してしまうひとなのだが、風邪をこじらせたのかただの疲れからくる息切れみたいなものか、ひどくぐあいが悪くなってその時ばかりは身体《からだ》が動かず、命じられて病院にいってみると、不整脈がひどいうえに、レントゲンで肺に白い影ができていることもわかった。

生体検査と経過観察のための短期入院が、原因不明の吐き気やめまいが治まるまでというただしつきの、実質的には終わりの見えない長期治療に移行するかと思われたのだが、幸いその影じたいはとくに悪性ではないと判明し、自宅療養の許可がでるまでもう一歩というところまできている。少なくとも、父と母は、そう話してくれているので、陽一は素直に信じることにしていた。父親は愚直に仕事を片づけながら母親を見舞い、面倒な家事も可能なかぎりこなしている。しかし、入院が長引けば長引くほど、日々の暮らしはきつくなる。いちばん苦しいのはもちろん母親だろうけれど、彼女は家のことだけでなく、仕事のことをさかんに気にしていた。注文電話を配達中の父親に転送するところまでは自動でできても、運転しているあいだは応対できないし、注文は留守番電話にお願いしますというメッセージを流してあとで片づけようとしても、新規のお客さんはそのひと手間を惜しむ。欲しいと思ったときにだれかが応《こた》えないことには、注文を逃してしまう恐れがあるのだ。父方の祖父母は高齢に過ぎ、母方の祖父母はすでに亡くなっていたため身内に助けを求めるわけにもいかない。陽一もまだ遊び盛りで落ち着きのない小学生だったし、レジで現金を扱わせるのも無理な相談だった。

朝、息子を学校へ送り出すと、父親は開店まえに第一陣の配達を済ませ、夕刻まで店番をする。入った注文のうち即日対応できるものを片づけるためにいったん店を閉め、ふたたび配達に出て、そのついでに妻を見舞い、急いで帰ってくると食事の支度をする。やむをえない日課だとはいえ、ある意味でそういう規則正しい暮らしは、父親にとってもはじめての体験だった。もっとも、これではさすがに仕事の効率も悪いし、留守中の不安もつのる。ほんとうは繁忙期のように誰かの手を借りたいくせに、なんの心配もいらないとつよがりを言う父親に、あるとき、町の酒屋は電話の応対がいちばん大事なんだし、だれか相場より安い報酬で店番を引き受けてくれそうなひとがいたら、週に数日でも頼んでみてちょうだい、そのかわり、わたしも早く復帰できるように頑張るから、と病床の母親が進言した。しかし、聞くだけ聞いて、父親はみごとに受け流していた。人を雇う金なんてないしな、と笑ってごまかしていたけれど、きびしい時期だからこそ、家族以外の人間を生活のなかに引き入れることに多少のためらいがあるのではないかと、陽一は感じていた。

ところが、その多少のためらいをするりとすり抜けるようにやってきたのが、靖子さんだったのである。電話注文を受けたり棚の補充をしたりして、手があくと彼女はレジ裏の上がりがまちに横座りになり、雑誌をめくったり図書館で借りてきた本を読んで時間をつぶす。話しだすと言葉は滑らかに出てくるのだが、父親のようにラジオをつけっぱなしにしておくわけではないから店はまことに静かで、たまの電話応対でさえずいぶんにぎやかに聞こえたし、声の不思議さもいっそう目立った。いや、耳立った。

入院中の母親のことを、父親のまえでは奥さん、陽一のまえではお母さんと呼んで心配してくれながら、また父と子の不随意な暮らしぶりに同情しながらも、靖子さんはつねに一定の距離をたもって、時間になると、ごめんなさいと遠慮なしに帰ってゆく。はじめはそれがいくらか冷淡に感じられたけれど、来てもらうときの条件でもあったし、家事のお手伝いさんを雇ったわけではないので、あれこれ言う筋合いはなかった。現実問題として、彼女も同居中の両親や家族のために、夕食の準備をしなければならないのである。

靖子さんのことを父親に話したのは、じつは陽一だった。クラスはちがうけれど仲のいい潤の姉で、そういう意味ではまったくの他人という気はしなかったのだが、年がかなり離れていたし、潤と友だちになるまえに彼女はもう結婚してべつの町で暮らしていたから顔を見たこともなかった。というより、そんな姉の存在すら聞いたことがなかった。

潤の家は、狭い平屋建てが何棟もならんでいる市営住宅のひとつで、挽田《ひきた》、と質素な手書きの表札を掲げた玄関の引き戸をあけるとすぐ四畳半の台所、奥に六畳と三畳の和室がつづくという最小限の間取りになっている。家族が増えたと潤が言い出したとき、だからてっきり弟か妹が生まれたのだと思って、あれ以上狭くなるのかと陽一は自分の家の狭さを棚にあげてよけいな心配をしたものだが、よくよく話を聞いてみると、離れて暮らしていた姉が戻ってきたのだという。

「姉さんがいたんだ」

「うん。こないだまで結婚してた」

「いまは？」

「結婚してない」

ふたりで笑った。結婚してたと過去形を使うのだから、いまはもう結婚していないに決まっているはずなのだ。

「姉ちゃんのほうがさ、母さんより料理がまともなんだ。うまくはないけど、許容範囲内」

話の流れのなかで許容範囲なんて言葉を使う機知が陽一にはない。しかし潤はどこからかそういうむずかしい響きの言葉を仕入れてきてうまく使いこなしてみせるので、とりたてて笑いを取ろうとしているわけでもないのにみながおもしろがり、まわりに自然とひとが集まる。ただ、姉の料理の上手なことを素直に褒めないその話し方にはかえって嬉しさがにじみ出ているようにも感じられ、三人が四人になったぶん食卓が明るくなったんだろうなと、陽一はうらやましく思った。家の食卓には、いま、ふたりしかいない。

「それで、毎日なにしてるの？」

「仕事探し」

「ふうん」

「昼間ずっと家にいるのは嫌なんだよ。父さんもいるし」と潤は言った。「まえに住んでた町ではチェーン店の寿司屋で働いてたから、この辺でもおなじ仕事がないかって思ってたらしいけど、どこも募集なしなんだって。だから近くにあるならなんでもいいみたい、働ければね。でも、仕事が見つかっても夕ご飯はつくってくれることになってる。それがうちに置いてもらう条件なんだってさ」

「自分のうちなのに、置いてもらうなんて言うの？」

「そういうもんだよ、出戻りってのは」

出戻りという言葉を使う機会をずっと待っていたような、ちょっと自慢げな、大人びた口調だった。

挽田家は、あまり評判のよくない家だった。もとは二代つづきの八百屋で、先代は可もなく不可もない商売を実直につづけるタイプのひとだったらしいのだが、潤の親父さんは高校を出て車の免許をとるとまもなく県道沿いのガソリンスタンドで働くようになり、そこで知り合った女性といっしょになった。ところが数年後、父親が倒れたのを機に、跡を継ぐのではなく、老いた母親を手伝う程度の約束で店に入ることになったのである。周囲の予想に反して不真面目《ふまじめ》な様子は見られず、むしろできる範囲のことをそつなくこなし、自分にも客にも無理はさせないという仕事ぶりで、高校のころはなんだか怖い感じもあったけれど、お父さんが亡くなってからはちょっとまるくなったと常連客たちが評価するほどだった。

ところが、ある日、原付で配達にでかけて、信号のない四つ辻《つじ》で車と接触事故を起こした。運転していたのは市の広報担当者で、その車も複数の課が使いまわしている公用車だったことが、彼のその後の人生にある意味で凶と出、ある意味では吉と出た。

非がどちらにあったのかは、双方の言い分がちがうので判然としない。市側は一旦《いったん》停車して左右を確認したにもかかわらず、その後にいきなり相手が飛び出してきたのだと主張し、潤の親父さんは自分が速度をゆるめて右左を確認しているところへ車が突っ込んできたのだと譲らなかった。どちらにも大きな怪我《けが》はなかった。

いや、なかったはずだった。警察を呼び、調書をとって別れたところまでは常識的な展開だったのだが、翌日、潤の親父さんは、だれかの入れ知恵だったのだろう、右の足首を包帯でぐるぐる巻きにし、松葉杖《まつばづえ》姿で市役所に乗り込むと、事故を起こした相手に上司を呼んでくれと迫ったのである。そして、不始末を表に出したくない役所の弱みにつけ込み、示談金のみか市営住宅に入るための便宜やら生活保護やらを順次取り付けて、市からの援助金で暮らせると判断したとたん、先代が大切にしてきた家業をあっさりたたんで働かなくなってしまった。靖子さんがまだ七つか八つ、将来のことを考えればこの時点で仕事をやめるなんて発想はありえないとだれもが不審がった。つまり、よほど金をふんだくったにちがいない、と推察したわけである。

どこからどこまでが真実なのか怪しいという声もあったけれど、後づけで整理された話どおり、一家はその後、ひとりでいたいという老いた母親だけ残して店裏の住居よりも広い平屋の市営住宅に移り、それればかりか毎年のように不服を申し立てては、屋根をなおさせ、床を張り替えさせ、網戸を新調させた。隣近所には市から特別な許可を得て自費で修理をしたのだと胸を張っていたのだが、なぜ挽田さんのところだけ優遇して自分たちにはなにもしてくれないのかと、住人たちがあつまって市に直訴したこともある。むろん、なんど申し立てても、市側からは常識的に考えてそういうことはありえません、自費でやるからどうしてもとおっしゃったんですとの説明がなされるばかりで埒《らち》が明かず、結局はうやむやにされてしまった。

まだ生まれるまえのことだから、親父さんの事故とその後の顛末《てんまつ》について潤はなにも知らなかったはずである。しかし、息子のすることにはほとんど文句をつけない陽一の父でさえ、挽田君という友だちができて家に遊びに行ってきたと話したとき、ちょっと心配そうな表情をのぞかせたくらいだから、そんな話がひろまっていることに潤も勘づいていただろう。そりゃあよかった、友だちは大事にしろ、最後に頼りになるのは友だちだからな、とすぐに言い添えたのも、その一瞬のとまどいを隠すためだったように思われた。じっさい、潤の親父さんは、いつも奥の三畳間でラジオを聞きながら酒を飲んでいた。家にいないときは、たいてい駅前のパチンコ屋で「仕事中」だという話だったし、母親は近所のスーパーにパートに出て留守にしていることが多かった。手当てをもらう権利を奪われないよう、その日その日の、記録に残らない現金払いのアルバイトをやっているという、真偽のはっきりしない噂《うわさ》もあった。

奥の間に潤の親父さんがいるのを、仲間はみな知っていた。野球ができない雨の日などは、外が真っ暗になるまでくだらない話をしながらゲームに興じているのだが、なにかの拍子にしんとなったところへ急にふすまが開いて、親父さんがのそのそ出てきたりした。台所へ水を飲みに行くのである。台所へは奥の間からいったん居間に出なければならず、悪童どもはいやでもそこで彼の赤ら顔を拝むことになる。恐ろしいとか乱暴だとか、そんな印象はすこしもなかった。疲れて髪をぼさぼさにした中年男が水飲み場へむかう大型動物の雰囲気であらわれて、どうだ、おまえら、来てるか、来たか、また来るか、よし、ゆっくりしていけ、とつぶやくように言うだけである。親父さんの通ったあとには、酒と煙草《たばこ》のにおいが流れてくる。直後の手洗いを借りると、酒を飲んだ大人のひと特有の、しおれた献花みたいな、甘酸《あまず》っぱいにおいが充満していた。

ごくまれに、こんな天気のいい日にうちにいてどうする、外で遊んで来いなどと、ほんの数分前とは正反対のことを言ったり、かと思えば、そんなもんじゃなくて将棋でもやったらどうだ、俺にもできるぞ、面子《めんつ》が足りなかったら遠慮なく声を掛けろと笑顔で言ってくれたりするのだが、そういうときのやさしそうな感じは大人たちから聞かされているあれこれの話とかけはなれたもので、おばさんが、つまり潤の母親が仕事から戻ってきたときの、お帰り、ご苦労さん、というなんら悪びれるふうもない声も仲のよい夫婦のごく日常的なやりとりにしか聞こえなくて、傍若無人なイメージはどこにもなかった。もしほんとうに乱暴なひとだったら、みなこわがって近寄らなかっただろう。

ただひとつ奇妙だったのは、事故で脚を悪くしたと聞いていたわりにその歩き方があまりにもふつうだったことだ。パチンコ屋までは自転車で通っているようだから、長い距離を歩けないだけなのかもしれないのだが、補償金がでるほどの後遺症に苦しんでいるのなら自転車にだって乗れないはずである。たんに怪我をしたところが痛むというだけのことだったのだろうか。ともあれ、潤の家には、煙草と酒のにおいはあっても、女性のにおいはあまりなかった。姉がいると言われて陽一が驚いたのは、そのせいでもある。おばさんが帰ってきても家の空気がさほど変わらないのは彼女の性格に負うところがあったのだろうけれど、子どもたちは夕飯の支度がはじまるのを待って引きあげるのがならわしになっていたため、潤の家で料理のにおいを嗅《か》いだ記憶もない。もっと遊んでいきなさいとも、ご飯を食べていきなさいとも彼女は言わず、ただその時間になると、今日もありがとうねと息子の仲間たちに微笑《ほほえ》んできっぱりと幕を引くのである。そのつめたくもあたたかくもない、でも早くに子どもたちを帰したい事情がありそうだと感じさせる微妙な表情は、靖子さんが帰り際《ぎわ》ににこりとするときの顔に、似ているようで似ていなかった。なにしろ声がちがいすぎる。おばさんの声には手もとでよく伸びてくるボールのような勢いがあって、帰りなさいという命令がすこしの欠けもなくこちらの耳に届くのだ。まっすぐなだけに拒めない。子どもにだって、それは容易に感じ取ることができた。

年の離れた姉が離婚して家に帰ってきていること、そしてなんでもいいからこの町で仕事を探しているという潤の話を、陽一は早速、その日の夜、父親に伝えた。

「ああ、八百政には娘がいたな」

配達が遅れて時間がなかったため、昼に炊《た》いた残りのご飯に店の隅で賞味期限間近になっていたレトルトカレーの甘口をかけるという夕食の、二つ目の中身をあけながら父親がつぶやいた。カレーになると、そのうえにいきなりウスターソースを円を描くようにかけ、スプーンでかちゃかちゃとかきまぜる父親の癖の、ソースをかける権利まで母親は否定しなかったけれど、もとの味も確かめず、最初にできあいの味を付け加えて平気でいられる無神経ぶりにはいらだって、あんたはぜったい真似《まね》しちゃだめよと陽一に繰り返したものだが、手づくりでないカレーなら、なにをどうしようと自由だったのである。

「八百政って、なに？」

「潤の親父《おやじ》さんは、むかし八百屋をやってたんだ。その店の名前が八百政」

「あいつ、なにも言わなかったよ」

「そりゃあしかたない」と父親はカレーをひと口食べ、ビールを飲み、辛いのがカレーなのにどうして甘口なんてものがあるんだろうなと文句を言いながらまたひと口食べた。「あの子は八百屋を閉めてから生まれたんだ。女の子のほうは、なんて名前だったかな、事故であの親父が足を怪我したときは、まだおまえくらいの年だった」

しばらく黙ってから、父親がつづけた。

「こないだ見舞いに行ったとき、母さんが、わたしが退院するまでのあいだ、どうしてもだれか店番を置いてくれって言ってな」

「それならぼくがやる」

「だめだ。いつかも、電話番で話にならなかったろ。子どもの声だとわかれば、またかけ直しますって言われるだけだし、宿題やりながらなんて無理だ。だいいちここでじっとしていられるわけがない。店番てのは退屈なんだぞ。それでいて忙しい」

父親の言うとおりだった。ほっとすると同時に、ちいさな自尊心が傷つけられた思いだった。

「しかし、話をしてみてもいいかもしれんな、その姉さんとやらに。仕事を紹介してくれるところもあるんだが、そういうのを通すと手数料を取られる。多少条件が悪くてもやってくれるかもしれない」

「ほんと？」

どうして大人はかならず「条件」をつけたがるんだろうと思いながら陽一は問い返した。

「雇うといってるんじゃない。会って話をきいてもいいかもしれんと言ってるだけだ」

そんなやりとりがあって、陽一はごく軽い気持ちで父親の言葉を潤に伝えた。まさか大の大人が子どもの仲介を本気にするとは想像もしていなかったのだ。母子ほどに年のはなれた弟の友人の、その父親がやっている酒屋の手伝いだなんて。ところが翌日の晩、食事を終えたころ、潤の姉と称する女性がやってきたのである。細身でやや色黒の小柄な女性がレジのほうへまっすぐむかってきて、夜分に恐れ入ります、挽田と申しますがとあの声で切り出したとき、先に身体《からだ》の向きを変えて反応したのは父親のほうだった。

「弟に聞いてきたんですけれど、こちらにパートの募集があるとのことで」

父親は中腰になってテレビを消すと、ああ、どうぞ、おあがりください、狭いところですが、と待ち受けていたように彼女を招き入れた。いっしょに驚いているのだとばかり思っていた陽一は、その自然な言葉の出方にいくらか面喰らって、ますます反応が鈍くなった。

「上にあがってろ」

「ここにいてくださってかまいません」と女性が応《こた》える。

「いえ、細かい話もありますから、席をはずさせましょう」父親はよそ行きの口調で、おだやかに言った。「ちょっとあがって、明日の時間割でも合わせておけ。またあとで呼ぶ」

「うん」

時間割を合わせろだなんて、それまで言われたためしがなかった。時間や帳尻《ちょうじり》を合わせるのは大人のやることだとしか言わないひとである。やっぱりよそ行きの顔を演じているのかなとおかしくもあり、どこかいつもとはちがうようでもあって、それがまた気にかかった。漫然と机に向かい、天板に両肘《りょうひじ》をついて、陽一は時間を割ってそれを合わせるどころか、漫画を読んで時間をつぶした。戸を閉めていたので、ふたりがどんな会話を交わしているのかはっきり聞き取ることはできなかったけれど、ときおり女のひとの笑い声が階段を伝わってきた。二十分ほど経《た》ったころ、待たせたな、もういいぞ、と父親が呼びにきて、下におりるとちゃぶ台にお茶が出ていた。お菓子を頂戴《ちょうだい》したから、おまえも食べろと言って、お茶をいれなおしてくれる。

「明日から、店番をお願いすることにした。母さんが戻るまでだけどな」

「靖子です。よろしくお願いね」さっきの硬い表情がほぐれて、色黒の顔がわずかに上気していた。「潤から話は聞いてます。あなたがいちばん頼りになる友だちだって言ってたわよ」

「はい」と陽一はちいさく応えた。間の抜けた返事だと思ったが、それ以外に言葉が出てこなかったのだ。

「八百政時代に会ったことがあるんだよ」と父親は言った。「届けものをしたとき、話をした覚えがある」

痩《や》せたひとだった。細面というのとはまたちがったおもむきで、とがったあごがひとつの角を挟んだ三角形の二辺のようにきれいにひろがっているのに、その辺が途中からやわらかい曲線にかわって、よくあるベース形ではなく全体として卵形になっている。それでいて頰骨がちょっと高めなので、横からながめると目の下がぽこりとふくらみ、太っているようにも見える。鼻梁《びりょう》はあまりなくて、鼻は途中から顔の中央に集まってできたという程度なのだが、それが潤と瓜《うり》ふたつだった。親父さんもおばさんも、そんな鼻はしていない。その両側にやや垂れ気味の細い目が適度な間隔を置いてならんでいるのも、潤とおなじだった。

翌日、学校に行くと潤がうれしそうに寄ってきて、出戻りの姉ちゃんのこと、よろしくな、と言った。これからおまえのとこへ遊びに行けば姉ちゃんと帰れる、という妙な誘いを断り、陽一はバスで遠まわりして県道沿いの大病院に母親を見舞った。靖子さんの話を興奮気味に持ち出すと、もう朝方お父さんが立ち寄って知らせてくれたと言うので、拍子抜けしてしまった。

「まさか八百政の娘さんが来てくれるとは思いもしなかったね。いろいろ苦労してきたらしいから、しっかりやってくれるだろうってお父さんは言ってたけど、遊んでばかりいないで、ときどきは手伝うんだよ、あとすこしの辛抱だから」

父と子の日常は、靖子さんのおかげでずいぶん楽になった。得意先を朝いちばんでまわり、十時前後には店をあけ、夕刻、息子が戻ってきたあとにシャッターを下ろして二度目の配達に出る。そういう不自由な仕事の進め方をしなくてもすむようになったのだ。陽一が午後五時までに家に戻ると、店の蛍光灯の光をぜんぶ吸い取るような瞳《ひとみ》の靖子さんがレジの奥に座っていて、おかえりなさい、と笑みを浮かべる。最初は緊張してうまく話せず、ただいまと言ったきり二階にあがってしまうような恥ずかしい真似をしていたのだが、潤が以前より頻繁に遊びに来て座持ちをつとめてくれたこともあって、陽一は靖子さんにも、靖子さんがいるという状況にも慣れていった。

これほど年の離れた姉弟の関係とは、どういうものなのだろう。担任の先生は母親より少々うえの世代の女性で、そのくらいの年のひとには免疫《めんえき》があるのだけれど、靖子さんはそれまで接したことのない年齢層の女性で、反応や判断の基準がどこにあるのか陽一はうまく想像できず、しばしばとまどう。そしてそのとまどいを、あの声がここちよく増幅してくれるのだった。それでもなんとか他愛のないおしゃべりができるようになって一カ月ほどしたころだろうか、学校の古いトイレが改修されるという大きな出来事があった。帰宅後その話をしてみると、用足しのあともだけど、給食のまえにちゃんと手洗ってる？　と靖子さんがいつもの声で語りはじめた。

「むかしはね、看護婦さんになりたかったのよ。いまは、看護師っていうけどね。お医者さんはとびきり頭がよくないと学校にも入れない。お金も必要でしょ？　だけど看護婦さんなら頑張ればなれるかなと思って、練習しておくのがいいと考えたの」

「とくべつな練習の仕方があるの？」

「ううん。自分で勝手に決めた練習。正式なものじゃないよ。ねえ、学校に保健係っている？」

「いる」

「どんなことやる？」

「身体測定のときの、記録係とか」

「給食のまえの手洗いの準備は？」

「そんなのないよ」

「わたしたちのころはね、まだあったの。それで、保健係のいちばん大事な仕事のひとつが、消毒液をつくることだった」

靖子さんが通っていた小学校には教室ごとに白いほうろうの洗面器があって、保健係は給食のまえにかならず、お医者さんにあるみたいな青い消毒液をつくったのだという。強制的に手を洗わせるのだ。色の濃い薄いで原液と水のおおよその割合は判断できるのだが、靖子さんは将来のために、毎回、一定の濃度になるよう細心の注意を払った。洗面器の内側の線まで丁寧に水を入れ、消毒液の瓶のキャップの、ねじきりの線の上から何本目と定めた分量の原液をそっと流し込む。それから青が水にとけ込むまでゆっくりとかきまぜる。

「係はひとりじゃなくて、ふたり。もうひとりの女の子もまじめな子でね、おなじくらい厳密に計って、おなじように消毒液をつくってた。一日交代でやるのよ。クラスのみんなは一列にならんで、順番に両手をそのなかに浸していくの。五秒だったかな。十秒だったかもしれない。かならず手を沈めなくちゃならないきまりだった」

四十人ちかくの生徒がつぎつぎに手を突っ込んでいく洗面器。陽一は水泳のまえに身体を浸さなければならないプールの消毒槽がなんだか不潔な感じがして苦手だったので、靖子さんの話を聞いているうち、きれいにするはずの液体が逆の働きをしているのではないかと、むかしの話なのに腹立たしかった。

「夏はなまあたたかいけれど、冬は冷たいでしょ。だから消毒液の担当でないほうは、指先だけ入れてごまかそうとする男の子たちを叱《しか》る。しっかり監視して、数をかぞえる。やり直させることもあった。でもそのまえに、相方の女の子の消毒液のつくり方を観察してた。そうしたらね、手順はいっしょなのに、できる液が微妙にちがうのよ。どこだかわかる？」

わからなかった。答えも、話の流れも。そもそも靖子さんが通っていた学校というのは、いま自分が通っている野木小学校のことなのだろうか？　野木小にはトイレの手洗いとはべつに、校庭で遊んだあとに手を洗うための、コンクリートにタイルを張ったただけの素気ないシンクがあって、デパートのお手洗いとおなじ液体石鹸《せっけん》が備え付けてある。学校の雑務をひきうけてくれているおじいさんが入れ替えをするので、消毒液を生徒がつくるなんて聞いたこともない。いったい、いつの、どこの話なのだろう？

「つまり……その子がやると、表面が泡立たないの……」

電話が鳴る。靖子さんはすばやく立ちあがって受話器に取りつき、はい、篠原酒店です、明日のお昼までですね、はい、かしこまりました、またよろしくお願い致しますと外向きのしゃべり方をした。

「それで、あたしがつくった消毒液には、細かな青と白のまじったぶくぶくの泡が水面に浮かんでいて、両手を沈めると、手の甲の産毛《うぶげ》にその泡が魚の卵みたいにまとわりつくの。引き上げるとそれがいっせいにつぶれて、しゃわしゃわ音を立てる。それがとても恥ずかしかった。何度やってもかきまぜるときに泡がでて、そのうち、こんな基本もできないようじゃ看護婦になんてなれないと諦《あきら》めたのよ。そのころに液体石鹸みたいのがあったら、気落ちしないですんだのにね。そしたら保健係も必要なかったろうけど」

わかったようなわからないような、どこかにつながるようでどこにもつながらない話。靖子さんがしゃべりだすと、いつもそんなふうになる。

「うちがね、八百屋さんだったころは、まわりにスーパーなんてなかった。だから食べものはなんでも扱ってた。お豆腐なんかも、いまみたいにパックに入っていなくて、四角い木の、底の深くない箱に水道の水をちょっとずつ流して水槽みたいにしたところに、生で入っていた。それをつかむの、素手で」

「見たことあるよ、お豆腐屋さんで」

「そう？　それであたしは、いろんなものを触ったあとでそこに手をつっこんだらよくないと思って、フィルムのケースを学校に持っていってね、そこに原液をちょっとだけ入れて持ち帰ったわけ。それで洗面器に消毒液をつくったの。お豆腐触るまえにこれに手を入れてねって」

「そしたら？」

「叱られた。食べものに変なにおいがつくといけないから」そこで言葉を切って、

「あ、旦那《だんな》さん、お疲れさまです」と靖子さんは顔を入り口の方に向けた。

「おかえり」と陽一が言う。

「ただいま」と父親が言う。「楽しそうだな」

「さっき、砂土原興業のひとから、明日の昼、未見坂《みけんざか》の仮設事務所の方へお茶を五ダ

ース運んでくれと電話がありました」

「市営住宅の奥に建つマンションだな。ついにはじまるか」

病院に行くときは、その坂をバスでのぼる。市営住宅の裏で工事があることに陽一は気づいていなかった。それからしばらくして、靖子さんが休みをとった日、またひとりで母親に会いに行こうとバスに乗ったとき、その話を思い出して、見逃すまいと進行方向の右に坐《すわ》った。ところが、それらしい気配すら感じとれぬうちに、坂をのぼりきってしまったのである。母さんの体調も、こんなふうにいつのまにか、という感じでよくなってくれないだろうか。そう念じながらなおも窓の外を見ていると、役場の近くで行われている道路工事の、柵《さく》で守られた臨時の資材置き場に、白い発泡スチロールみたいな板がたくさん積まれているのが目についた。なんだろう。目をこらして見えてきたのは、まったく予想外の光景だった。

見覚えのある男のひとが黄色いヘルメットをかぶって作業をしている。潤の親父《おやじ》さんだ、と陽一は胸の中で言った。最近はまた朝からずっとパチンコさとこのあいだ潤は笑っていたのだが、四角く掘り下げられたプールのようなところに先ほど遠巻きにみた白い板が敷かれていて、そのうえを歩いている作業員のひとりが潤の親父さんだったのだ。まだ一年生か二年生だったころ、たしか冬の寒い日だったと記憶しているけれど、この道路の、野木小に近い一角が陥没して大騒ぎになったことがある。ちょうど祝日にあたっていて交通量が少なく、大きな事故には到らなかったのだが、固いとばかり信じていたアスファルトが相当な面積にわたって、まるでウェハースみたいにくしゃっとつぶれていた。二車線の道路の、ちょうど真ん中あたりだったため、しばらくは上下線とも不通になり、脇《わき》の歩道も危険だからということで閉じられて、遊びに行くにも学校に行くにもそこを通っていた陽一は、もし巻き込まれていたらと背筋の凍る思いをしたものだ。その復旧工事の際にも、似たような発泡スチロールの板を敷いていた。コンクリートの板とあわせて細工をする特別な工法だと、友人が得意気に教えてくれたことを思い出す。

信号待ちになったとき、陽一はなぜか窓枠に半分顔を隠すようにして、現場の方を振り返った。潤の親父さんが箱形に掘った部分とその白くて軽い板のあいだの土を、シャベルでつつくようにいじっている。働く気がないと陰口を叩《たた》かれていたひとが、それも、働いてしまうとかえってまずいことになりそうな状況にいるひとが、堂々と外に出ているなんて。反対側に転がしてある猫車をとろうとしたのか、親父さんはにわかに現れたスケートリンクのような白い平面を伝いながら移動しようとして、その瞬間、発泡スチロールの板と板のはざまに足をとられてつんのめり、たたらを踏んで、勢いづいたまま反対側の道路へぽんと飛びあがった。そのいかつい身体《からだ》の先に、大きく口を開けて笑っている靖子さんの姿が見えた。バスはふたたび動き出し、ふたりは視界から消えた。このことは病院で母にも言わなかった。父にも言わなかった。潤にも、靖子さんにも。だれにも言わない、と陽一は思った。

未見坂

　おれは、そうは思わんのですよ、と彦さんはくわえ煙草で言う。古い任俠《にんきょう》映画ならいざしらず、いまどき煙草をくわえたまま話す男のひとなんて、まわりには彦さんくらいしか見あたらない。そもそも喫煙所だって限られているご時世なのだし、だれもが遠慮しているところでこれみよがしに言葉と煙を吐き出すのが粋《いき》だなんて本気で思っているとしたら、よほどの間抜けだ。でも、彦さんが、そのいくらかあぶない外見とは裏腹に、けっして浅薄な男でないこともよくわかっていた。

「坂の途中でバスが止まるようになったら、かえって危ないんだよ」彦さんの煙が棒状に伸びる。

「でも便利になるじゃない。みんなが待ち望んでたことでもあるし、病院にも通いやすくなるでしょ」

夕食後の熱いお茶を啜《すす》りながら母は言い、まあ、ほんとに実現すればの話だけど、と気弱に付け加えた。

「あそこはゆるいようでいて、けっこう勾配《こうばい》があるんだ。なめちゃいけない。舗装道路になったばかりのころには、自動車でも自転車でも、ずいぶん事故があったもの。ブレーキなしで下っていくのにちょうどいいくらいの傾きだし、おまけに坂下まではー本道だ。距離もあって、乗りでがある。だから油断する。でも、酒屋のまえで急に左に曲がって、視界が妨げられるだろ。スピードが出すぎてるって気づいたときには、もう遅い」

「ブレーキかけても?」

母が頓珍漢《とんちんかん》な反応をする。車なしでは生活できないような土地で、あえて免許も取らずに済ませてきたひとなのだ。車椅子になってからも、その姿勢はかわらない。椅子を動かすのに免許はいらない、と屁理屈《へりくつ》を言う。

「だってもうバスが走ってるじゃないか? ブレーキがかからなきゃ、止まれないだろ」

「おっかさん、ブレーキってのは、スピードをゆるめるためのもので、停車させるためのもんじゃないんだよ、気持ちよく走ってるときはね、だれも止まろうなんて考えない」

　母のことを、彦さんは「おっかさん」と呼ぶ。こんちは、おっかさん、いますか、というのが、彦さんが玄関の引き戸を開けるときの第一声だ。子どものころは、自分の母親を兄弟でも親戚《しんせき》でもないひとからそんなふうに呼ばれることに抵抗があったけれど、父は社長、あるいは親父《おやじ》さんでいいとして、じゃあ母は奥さんなのかと考えてみると、それもなんだか落ち着かない。彦さんがその当時の自分とおなじくらいの年に母親と死別していると知ってからは、ちょっと時代がかったこの呼び方を許容するようになった。

　煙草の先の灰が二センチくらいになっている。しゃべるたびに上下するからいつ落ちてもよさそうなのだが、そのあたりはさすがに年季が入っていてぎりぎりまで持ちこたえ、もうだめだという瞬間に、親指、人差し指、中指の三本で挟み込んでそれを口から離す。椅子の上であぐらをかいたまま窮屈そうに上体をまげて、そのままそっと灰皿のうえに腕を伸ばし、ぐりぐりと火をもみ消す。父にそっくりのしぐさだ。

「むかしの事故っていうのには、彦さんのも入ってるのよね」

　そう突っ込むと、彦さんは、そうだったかなあ、と腰に手を当てて、背を伸ばしながらごまかそうとする。スピードの出し過ぎで坂の下のカーヴを曲がりきれず、積んでいた大事な木材を道路に落とすという不始末をしでかしたことがあるのだ。対向車がなくて幸い大事には至らなかったけれど、積載量オーバーだったともわかって、警察から厳重注意を受けた。そのときの話である。

朱雀《すざく》商事ビルのまえからつづく、未見坂《みけんざか》と呼ばれるながい坂道のなかほど、やや上寄りに、数棟の市営住宅がある。築四十年は経《た》っているだろうか、木々の残る自然の斜面をいかしたつくりで、ちいさな崖下《がけした》からの涌《わ》き水もふさがず、すこし下の小川へ流し込んだりする環境への配慮もあった。南東に窓を向けられる場所にあるので湿気もさほど多くはなく、朝夕の冷え込みさえ我慢すればとても住みやすい。ただし、そんな評判も、四十年まえのものだ。住民の大半は、第一次募集で新築時に入居したひとたちばかりだが、子どもが独立して出て行き、高齢者が増えてくると、五階建てエレベーターなしの構造がだんだん負担になってきた。上階の住人にとっては、雨風の吹き付ける外階段を上り下りするのはつらいことで、天気が悪いと生ゴミを捨てるのも、郵便受けを覗《のぞ》きにいくのもおっくうになる。自治会でつくっている花壇と菜園のわきのベンチで週に一度はおしゃべりをしている仲間たちも、しばらくだれそれの姿が見えないからといって、上の階まであがるのは遠慮するようになってきていた。

住人たちの多くは、もうめったに未見坂から出なくなっている。彦さんが事故を起こした酒屋の先で平らになる道をさらに二百メートルほどいったガレージのまえにひとつバス停があるのだが、感覚としてはほとんど地の果てというに等しい距離だ。敷地まで入っていくほそい公道と坂のまじわる角にバス停があったら、どんなに助かることか。老いの気配が人間と建物の双方を色濃く覆《おお》うようになると、そんな声が自然とあがるようになった。

「だいたい、ああいうのは、お上の許可が出るまでに、何年っていう単位の時間がかかるもんなんだ」彦さんが訳知り顔で言う。

「あんたの口からお上だの単位だのって言葉が出てくるのを聞いてると、あたしも年を取ったと思うよ。しみじみとね。よくぞ大きくなってくれたもんだ」

母は言葉どおりしみじみとした口調で、しかし笑みを浮かべながら彦さんを見た。

「おれも五十になりましたよ。もう加奈ちゃんにも相手にしてもらえないような、おっさんの年さえ越えちまいましたから」

眉根《まゆね》を寄せ、煙のしみる目をしばたたかせながら彦さんが応《こた》える。笑っているのか照れているのか、あるいはどこか具合でも悪いのか見きわめのつかない表情だが、こういうとき、彦さんはうまく言葉が出てこないのをごまかしていることが多い。ただ、今日にかぎっては、やや顔色のすぐれないのが気になった。

彦さんこと彦江さんと家族みたいにつきあうようになって、もう三十年以上になるだろうか。いや、家族みたい、ではなくて、ほとんど家族だと言ってもいい。当時の彦さんは地元の工業高校を出たばかりの初々《ういうい》しい青年で、顔も身体《からだ》もいまの三分の二ほどの幅しかなく、卒業間際《まぎわ》まで後輩にまじって人数の足りない野球部の手助けをしていたので、髪は五分刈り、よく陽に焼けて、日蔭《ひかげ》で会うと顔中まっくろで眼だけが浮かびあがっているようだった。こちらはまだ小学校にあがるまえのなんにもわからない子どもだったけれど、彦さんが担任の先生とやってきて、工務店を経営していた父親に、これからお世話になりますと畳に額をすりつけるように頭を下げた日のことは、いまもよく覚えている。頭のてっぺんに大きな傷があって、そこだけ髪が生えていなかったからだ。あとで聞いたら、内野の守備でランナーと交錯し、スパイクで削られたんだ、と教えてくれた。

会社といっても、社員は父と母を入れてわずか三人。頼りにしていた新田さんという元棟梁《とうりょう》の老大工が痛風で倒れてからは、父ひとりでちいさな下請け仕事をしていた。ペンキを塗ったり、基礎工事の手伝いをしたり、なんとか仕事の幅をひろげようと慣れない営業までして、疲れ切っていた時分の話である。便利屋みたいなことばかりやっていると、肝心の大工の腕が鈍る。とつぜんそう宣言して、お金になる半端《はんぱ》仕事をみんなやめてしまい、一からやり直すつもりで弟子をとった。即戦力にはならなくても、しっかり育てて、将来的には仕事を任せたい。そんなふうに、むしろ父のほうからつてをたどって探して来てもらったのが彦さんだった。

実際、それから仕事も徐々に上向きになり、暮らしもずっと楽になった。彦さんのことを、あいつは筋がいい、見かけによらず覚えもはやいし、仕事に関しては手をぬかない、現場で煙草を吸う癖さえなくせばなんとかなる、と父は褒めていた。五年まえにその父が急死したあと、彦さんは、おっかさんを社長にして、おれができるところまでやる、と宣言した。父は高校出たての彦さんにあれこれ悪事を教え込む一方で、あいまには自腹を切って勉強させ、一級建築士の資格もとらせていたのだ。おかげでつぶしが効いて今日までやってこられたと、父の話をするときだけは煙草を口からはずして、彦さんは神妙な顔になるのだった。

地元の大学を卒業したあと、わたしはわがままを言って東京に出してもらい、学習教材の開発会社に就職して、十年勤めたところで身体をこわした。半年の入院生活を余儀なくされて、その間、車にも乗れない母が田舎から出てきてわたしの部屋に暮らし、病院とアパートを往復して看病してくれたのだが、ようやく退院できたと思ったら、今度は母が看病疲れと安堵《あんど》で倒れた。娘のためにこのあいだまで通っていた病院で役割を交代し、二週間過ごしたあと、会社への復帰をあきらめてしばらく田舎で母の面倒を見ようと心に決めた。その年の暮れ、彦さんがわざわざ仕事のトラックで東京まで出てきて、加奈ちゃんの荷物に重いものはひとつもないからと、助手もなしに引っ越しをぜんぶやってくれた。そして田舎暮らしのリズムが戻ったころ、高校時代の友人の紹介で「春片新報」に中途採用されたのである。この町の出身で、しかも雑誌編集の経験あり、という売り文句が功を奏した。

だから、身分はいま、新聞記者と呼ばれるものにいちばん近い。町議会を取材しての政治経済記事から、家庭欄を埋める料理関係の話、文化トピックから「おめでた」「おくやみ」の欄にいたるまでなんでもこなしているし、ときには地方ラジオ局のニュースにも出る。職業上の守秘義務はもちろんあるけれど、ちいさな町の新聞社に流れてくるような話は、どこかのだれかがしっかり把握しているものばかりで、取材といっても、ほとんどの場合、そうした情報の裏をとるだけで終わる。あたらしいバス停留所のための嘆願の動きも耳に入っていた。ただし、永遠にありえない、現実味のない話のひとつ、として。

「加奈ちゃんはなにもかもお見通しだろうから言っておくけど、こうやって今日明日にもバス停ができるなんて話は、信用しないほうがいい」

探りを入れられているのかな、と警戒しながら、そうね、とうなずく。

「これから、この町は爺《じい》さん婆《ばあ》さんばっかりになって、車椅子の数も増える。坂道の途中にあるバス停から、介護人もなしにどうやって乗り込むんだ。あぶなっかしくて、とてもやってられんだろう？　団地のなかまで入れるマイクロバスみたいなのだったら、話はべつだけどさ」

介護人なんて言葉が出てくるのは、このところ彦さんがボランティアで、ひとり暮らしのお年寄りの家を訪問し、ちょっとした頼まれごとや壊れものの修理を請け負う活動を仲間とはじめたからだ。たいした仕事ではない。神棚の支えにがたがきてるから釘《くぎ》を打ってくれとか、台所の窓のすきま風をとめてほしいとか、食器棚のダボがどこかに落ちてしまったのだがよく見えないから探してくれとか、廊下の電球を換えてほしいとか、箪笥《たんす》の裏に診察券が落ちたから拾ってくれとか、家族がいればべつになんということもない些細《ささい》な問題を解決できずに悶々《もんもん》としているお年寄りたちのために身体を動かす。そして、あいまに世間話をする。たったそれだけのことが、彼らの表情のかげりを取り払ってくれるのだという。ボランティアをするようになってから、彦さんの母に対する態度は、以前にもましてやわらかくなっていた。

「車を止めてみればわかるけど、いくらハンドブレーキを引いてもあの坂じゃ安心できない。なんかの拍子に滑っていくことがあるから」

彦さんはまた背伸びをするように、煙草を持っていない方の手を左の腰に当てて、不自然に身体をよじりながら言う。眉の角度は、さっきと変わらなかった。

「おまけに、車椅子の客が来たら、運転手は席を降りて手を貸すことになってる。この町に、床の低い、ステップなしのバスが走ってるなんて聞いたことがないからな。時間もかかる」

「運転手さんが外に出ちゃうの？」母が驚いて声をあげた。「坂の途中で停車させたまま？　そのあいだ、バスのなかはだれもいなくなるわけ？」

「だれもいなくなるんじゃないでしょ、お客さんは乗ってるから」

「そりゃあそうだけど。運転席が空っぽなら、盗人か、いたずら小僧か、だれか乗客の顔をした悪党が座ることだってあるでしょうに」と母は納得のいかない様子である。

「むかしは車掌さんが乗ってたから、そういうのもありだったよ。でも、いちばん大事なお客さんを放っておくのはまずいんじゃないかね。ひと減らしばかり考えてるいまの世で、車掌さんを呼び戻すのは無理だとしてもさ」

「こんな田舎でバスなんてだれも乗っ取ったりしないよ。そもそも、坂の途中にバス停ができるかどうか、まだわからないだろ」

　両腕を上に持ちあげ、まっすぐにして、彦さんが大きく伸びをする。顔は下向きで、ぐっと力をいれているせいか、血がこめかみのあたりに集まって首筋が青黒く染まり、そこに汗が鈍く光る。彦さんの鬢《びん》に白いものがまじっていることに、いくらかとまどう。このひとが五十なら、わたしは三十七になるわけだ。湯飲みを持つ自分の手の皺《しわ》がちらりと目に入る。節くれ立った指には、光るものもない。

「ああ、それで思い出したよ」

　彦さんが来ると、母はいつもより舌がまわる。

「ずっとまえに、朱雀商事の社長さんが、どこかアジアに旅行に行ったとき、とつぜんだれかにバスを乗っ取られたって、聞いたことがある」

「それは社長の朱雀さんじゃなくて、弟の、専務の、抄造ってひとのほうよ」とわたしが割り込む。「一度、インタビューしたことがあるんだ。乗っ取られたんじゃなくて、長距離バスの、運転手の交代だったそうだけど」

　社会の悪を糾弾するとか、政治家の裏面を突くとか、そんな大袈裟《おおげさ》な話はどこにも載っていない地方紙で扱う話題は、ほんとうに幅広い。地元の会社の社員旅行まで取材するのだから。

「兄貴は行きたくても行けないんだって、弟さんが言ってた」

「それは変だな」と彦さんが反論する。「あそこは毎年、社長が社員一同引き連れて、韓国とかタイとかマレーシアとか、海外旅行に出かけるのが自慢なんだって聞いたが」

いつのまにかあたらしい煙草が彦さんの唇の端から煙をあげている。灰の色が、さっきとすこしちがう。灰なんていつもおなじ色になるはずなのに、彦さんが吸うと、濃くなったり薄くなったりする。

「社長さんだけ行ってないのよ。行ったふりしてるの」

「行ったふりって、また、どうして?」

母親がまた興奮ぎみに声をあげる。

「箝口令《かんこうれい》が敷かれてるらしいのよ。行ったふりしてるだけで、社長さんはそのあいだ、国内のどこかの温泉に潜伏してる」

話の展開が見えてこないのか、彦さんは煙草をまたもみ消し、ううむと唸《うな》って、しばらく腕を組んでいた。それからハイライトのパッケージを手に取り、折り紙でもするように四隅にきれいな角を付けていく。こうしてきちんとした箱のすがたを保っているとと中身が出しやすいのだそうだ。

「でも、どうしてそんな面倒くさいことする必要があるんだ？」

「それがね、バスのせいなの」

朱雀商事の社長と、この区域でバスを走らせている尾名川交通の社長はむかしからの知り合いで、かつ仲があまりよくない。一代で財を築いた朱雀さんのような苦労人を、先々代から富を受け継いできた同族経営の社長は見下していて、商工会議所などで顔をあわせてもほとんど口をきかないのだ。小さな町なだけにその関係はみなの知るところとなっているのだが、いつつぶれてもおかしくないような乾物問屋を、この地方ではきわめてめずらしい輸入食品もあつかう店へと成長させていった朱雀さんのところへ、あるとき、あたらしいバス停設置のために土地を提供してくれと尾名川交通のほうから依頼があった。未見坂の市道の中間点、市営住宅と道路のあいだの土地を朱雀さんが押さえていて、バス停をつくるための整備には、どうしてもその許可が必要だったからである。

「そういや、いっとき、利用者が着実に増えてるなんて羽振りよさそうなニュースをテレビで見たことがあるな」

「さっき彦さんが言ってたみたいに、ほんとうに認可が下りるのかどうか、下りるとしてもどのくらいの時間がかかるのかは言わずに、拡張にともなう用地確保っていう名目で、あちこちに声を掛けてたみたい。ほら、戸の池の二股に、古い煙草屋があるでしょ？」

「裏手に幽霊バスがあるところか？」

幽霊バスは、地元の高校生が使いはじめた愛称で、偶然にせよそれを彦さんが使ったことが、なんだかおかしかった。

「あの裏の畑を、折り返し所だか運転手の詰め所だかにするって噂もあったのよ。春片の学校へ通っている子たちが、いっとき騒いでたから。店もつぶされて、コンビニになるかもって」

「いまもやってるの、あの店？」

母が反応するところは、話の流れといつもずれていて、まともに取り合っていると、なにをしゃべろうとしていたのかがだんだんわからなくなる。

「やってるわよ。自家製のお団子が名物だったんだけれど、それはやめたみたい。焼いてたおばあさんが亡くなったんだって」

「むかし移動スーパーやってたところでしょう。世話になったよ。あんたの生まれた直後くらいまでは、ほんとに助かってた」

「その話は、未見坂のお年寄りからも、聞いたことがある」と彦さんも言う。「週に二回くらい、あの中まで入ってきてたそうだ。ちょっとした買い物はぜんぶそれで済ませたって。ああいうの、だれかまたやればいいのにな。それで、ついでに人間も乗せてやればいい」

移動スーパーもボランティアにできそうだと言わんばかりの顔で、彦さんが言葉を継いだ。そのうち工務店なんてやめて、本気で介護の仕事をやりだすかもしれない。他人への気配りはじゅうぶんすぎるくらいあるひとだし、なにしろ若いころから敵をつくらなかった。だれとでもすぐに仲良くなるくせに、だれともべったりつきあわない。酒はつよいけれど、遊びの酒と仕事の酒をうまく飲み分けていて、それがけっして嫌みではない。そこが父とは決定的にちがうところだった。彦さんなら東京に出ても大丈夫だろう、と思っていた時期がある。そして、東京に来てくれたらいいのに、とも。

「戸の池の店だけじゃないのよ」

過去に遡《さかのぼ》りそうな話題を、ぐいと現代にひきもどす。

「一会町の、公民館のとなりの、材木屋の跡地にも、おなじような話があったの」

一会町公民館まえには屋根付きのバス停がある。町役場と接しているばかりでなく、一帯ではもっとも信頼のある診療所にも近いので、利用客の多い停留所のひとつだ。

昼のうちはなかなか活気があって、商店街とまではいかないまでも、周辺にはまだ小売店が二、三軒固まりつつ点在している。そんなわけで、駅と役場をむすぶ本数を増やしてほしいとの要望が出てきた。尾名川交通のほうでは、シャトル便を何本か出そうという気になったらしく、折り返し時間までのあいだ、バスを停めておく場所を物色していたところ、すぐとなりの、三代つづいた小さな材木屋が廃業することになった。老いた主人は、山間《やまあい》の作業場を大手の日野製材に買い取ってもらって借金を返済し、公民館わきの土地を処分したお金で、娘夫婦の住む町に新しい家を買った。ほどなく、倉庫と母屋《おもや》が取り壊され、更地として売りに出された。

売買を担当した不動産業者は、系列企業のマンション開発業者への譲渡を優先する内々の取り決めをしてから、妙な勘ぐりを避けるために表向きの広告を打ったのだが、それにすぐ反応したのが尾名川交通で、なんとしてもこの跡地が欲しい、社会事業なんだからわれわれを優先すべきだ、と役場にも働きかけた。すると、その直後から、更地に夜な夜なあやしげな白い影が出るようになったのである。目撃者の証言によれば、人魂《ひとだま》みたいに宙に浮くことはないけれど、直立不動のぼんやりした人影のようなものが、最終バスが出る時間帯をねらって、すっと糸で引かれているみたいに更地を横切るのだという。

材木屋の家にその種の現象を呼ぶような不幸はなかったし、不動産業者は売地の看板を立てただけでまったく姿を現さないので、なんらかの細工ができるとしたらバス会社のほうでしかなかった。競争相手を蹴散《けち》らすために、整備士かだれかの力を借りてそんなふうに光るなにかを再現できる仕掛けを考えたのかもしれない。もちろん正真正銘の怪奇現象かもしれないし、真相は藪《やぶ》の中ならぬ更地の中なのだが、最終的にはその不気味な出来事が影響して双方とも購入を保留することになり、いまだ更地のままになっているのだった。

「それでか」

彦さんは煙草を口からはずし、おおいに納得した顔をこちらにむけた。ひと当たりがいいわりに相手の目を見て話さない癖があって、ほんの一瞬交錯しただけで、つい、とあらぬ方向に顔を向けたり、いま言葉を交わしているのではないひとに話しかけたりする。だから、ごくまれにではあっても、まっすぐ射すくめるようなまなざしが返ってくるとかえってどぎまぎしてしまうのだが、眼の奥の光がやはりいつもより鈍いように思った。

「いまは草がぼうぼう生えてる。あんな一等地が、どうしてなのかと不思議だったんだ。このあいだ通ったときも、縄で囲いがしてあったしな。なかで子どもらが遊んでた。田舎だ田舎だといったって、車の来ない遊び場も少なくなってきてるから、ああやって目立つところに、更地じゃなくて空き地を残してたほうが安心できるかもしれん」

「でも、放っておくと、鳥が落とした糞《ふん》のなかの、木や草の種が芽をだして、へんなのがいっぱい生えてくるよ。世話するのも難儀だろうに」と母親がまた話を逸《そ》らした。

「空き地って簡単にいうがね、さっきの車掌さんじゃないけど、空いてる土地を折り目正しく空けさせとくには、だれかが世話役にならなきゃなんない。よけいな手を入れずに保つのは、なにごとにつけ、立派なひとじゃなきゃできんことだろ？」

はいはい、といちおう相槌《あいづち》を打っておいて、未見坂の住人たちも、空いてる土地のことで揉《も》めたのよと、ようやく話を振り出しに戻した。戸の池のお店の裏も、公民館の隣も行き詰まっていたころだったから、尾名川交通のほうもますます強硬姿勢になっていて、あそこにしっかりした屋根つきのバス停をつくるのなら、道路と団地のあいだに工事用の土地を整備する必要があるといいだしたのだ。そして、その土地の所有者が、朱雀商事の社長だったというわけである。これは公共事業だから無償で貸与してほしいとバス会社側は迫った。朱雀さんとしては、未見坂ののぼりおりに苦労している団地の人々の声に胸を痛めてはいたし、知り合いもそこに住んでいたから、相手がごくふつうに接してくれれば条件次第でと考えてはいた。ところが、居丈高なもの言いにかちんと来て、それを断ってしまったのである。

この一件で、朱雀さんはすっかり悪者扱いされ、あの成金は、庶民の足であるバスを軽んじている、おまけに社員は国内の安い温泉町で遊ばせ、自分はひとり大名気取りで豪勢な海外旅行に出かけてるなんて陰口をたたかれるようになった。噂の出所はもちろん、未見坂の中途の土地をめぐってやりとりのあった者の関係者だが、朱雀さんはそれ以来、社員だけを国外に遊びに行かせ、自宅でしずかに過ごすようにしているというのである。

「たいへんだねえ、社長やらお金持ちやらになると」母がまた割り込んでくる。

「まだつづきがあるの」とわたしは言った。「社長替え玉説っていうのがあってね。それも、二通り。弟さんて双子みたいにそっくりでしょう？　だから、兄弟が毎年入れ替わってるっていう説がひとつ。それから、社長に影武者がいて、じつはふたりとも海外に行っているっていう説がひとつ」

「どっちがほんとなの？」と彦さんが真面目《まじめ》にたずねる。

「替え玉かどうかもわからないのに、決めようがないでしょ」

「そりゃそうだ」

「あたしは」と母が身を乗り出す。「朱雀さんとこがいまの店に改装されてすぐに買った、アメリカの落花生の練りものの味が忘れられないね」

「それを言うなら、ピーナッツペーストでしょ？」

でも、母は動じない。

「あんまりおいしいから、学校の帰りにまたいくつか買ってきてくれって、加奈に頼んだんだよ。そしたら、あんたが倒れた」

母親は両手で湯飲みを持ったまま、彦さんのほうに丸い顎《あご》を突き出した。

「その話はもういいよ」彦さんが今度は恥ずかしげに眉根《まゆね》を寄せる。

相変わらず腰に手をあてて、筋をのばすような動きを繰り返している。あのときもそうだった。学校からの帰り道ではないけれど、小遣いをくれるというので、未見坂のうえの朱雀商事の直売店でピーナッツペーストの壜《びん》を買い、坂は下りずにもう一度学校のほうにもどって、いちばん近い停留所からバスに乗って帰ったら、父親に言われて倉庫に道具を取りに戻っていた彦さんが、左の腰に手をあてて、うずくまるように倒れていた。真っ青で、同時に真っ赤な顔をゆがめて。

その日、母はひとにものを頼んでおきながら友人と出かけていて、父は現場にいたため連絡がとれなかった。あまり苦しそうなので高いところから落ちて腰でも打ったのかときいてみたのだが、彦さんは唸るばかりで返事もできない。大丈夫？　大丈夫？　としゃがみ込んで叫ぶように尋ねると、彦さんは横たわって身体《からだ》を折ったまま腕をのばし、わたしの顔を見ないで右の肱《かいな》をぐいとつかんだ。動転して、わたしはすぐに救急車を呼んだ。ほどなく現れた救急隊員は、様子を見るなり、ああ、腎臓《じんぞう》だなこれは、結石だよ、たぶん、と言い、みんなおなじ苦しみ方だからわかるんだ、とあわてることなく担架で車のなかに担《かつ》ぎ込んでくれた。制服も着替えずに付き添いで乗り込んだ救急車のなかは、窓にカーテンがついていて、外が見えない。県道沿いの総合病院に搬送可能なことを確認して走りはじめると、車体の傾きで未見坂をのぼっていることがわかった。さっきバスで下りてきたばかりの坂道を、今度は救急車でのぼるなんて。診察室に入ると、妹さんですか？　とたずねられた。いいえ、ぜんぜん、それは、ちがいます、とわたしはあわてて否定し、父のところで働いてくれているひとです、と応《こた》えた。まともに意思表示のできない彦さんのかわりに、わたしが指示を仰いだ。若い医師はとりあえずレントゲンをとってくださいというので、車椅子を借り、わたしがそれを押して行って、放射線科で腹部の写真を二枚撮影した。あやしげな影は、なにも写っていなかった。もし石の影でもあれば、造影剤を投与してレントゲンを撮り、場所を確認します、それから大量の点滴で洗い出すのが、まあ、ふつうです、と先生は言った。でも、これで写っていないんだから、あったとしても、たいした大きさじゃないはずです。

とりあえず座薬を投与するというので、わたしは席をはずし、そのあと何度も腹部を診察したが、結論は出なかった。彦さんの痛み、苦しみはつづいている。痛みが治まれば帰宅してもいいし、どうしても心配なら入院して様子を見ようということになって、そのあいだに、思いつくかぎりの場所へロビーから電話をかけて父母への連絡を頼み、あとはずっと彦さんのそばにいた。座薬もほとんど効き目がないらしく、脂汗《あぶらあせ》が額に滲《にじ》み、眼をぎゅっとつむって痛みをこらえていたのだが、こんどは腕を摑《つか》んだりはしなかった。彦さんはなにもしゃべらず、ただひたすら痛みにたえていた。

母か、父が来るまで、ここにいさせてください、お金も足りないし、保険証も、ありません、持ってきてもらうので、もうすこしここで待たせてください、とわたしは先生に頼んだ。そうだね、じゃあ、処置室でしばらく休んでもらおうかな、と医者は落ち着いた声で言い、看護婦さんにむかって、痛み止め打ってあげてよ、と命じた。しばらくすると、太いシリンダーみたいな注射器を手に彼女はもどってきて、唸《うな》っている彦さんに、ひどくまじめな声で、「右にしますか、左にしますか？」と尋ねた。彦さんは喉《のど》から声をしぼりだすように、あ、お、う、と唸るばかり。医師はそれを聞きつけて、ぼくはどちらでもいいと思うよ、と助言を与えた。どうしましょうか、と看護婦さんがわたしに問いかけた。付き添いの方が決めてください。じゃあ、射ちやすいほうに、とわたしは言った。すると、このひとは左利《ひだりき》きなので、左がやりやすいんですけどね、と先生が言うので、じゃあ、左で結構です、と緊張しつつお願いした。ところが、わたしはそのときまで、左右というのは腕のことだとばかり思っていたのだ。じゃあ、左で、といった瞬間、看護婦さんは作業着がわりに彦さんが穿《は》いているジャージに指をかけて、ずるりと下げた。あ、と声をあげたけれど、もう遅すぎた。それから一週間ほどは、彦さんの顔を見るのも恥ずかしかったし、母が言うところの、アメリカの落花生の練りものを口にいれることもできなかった。二十年近く経《た》ったいま、その彦さんが、やっぱり左の腰に手をあてて苦しそうな表情を浮かべている。

「彦さん、どうしたの、大丈夫？」

「どうしたって、なにが？」

「腰が痛そう」

「大丈夫だよ、持病だね、これは、持病」

信じていいのか悪いのか、そんな答えにほっとしつつ、あの日、あのとき自分が恥ずかしかったのは、よけいなものを見てしまったせいばかりではなかったかもしれないということに、とつぜん思い当たった。それは、のぼっているつもりの坂道を気づいたら下っていたような、まったく予想もしない心の動きだった。つよく、激しい、胸の疼《うず》きだった。

トンネルのおじさん

「車を使うのは途中までだ。あとは山歩きになる。無理しなくてもいい」とトンネルのおじさんは言った。

「してない」

「だったら靴だけでもかえろ。そんなビニールみたいにやわなのじゃあ、濡《ぬ》れた道が怖い」

「でも、これしかないよ」

「田舎へ連れてくるってのに、あいつはそんなものしか持たせなかったのか」

おじさんは母さんの名前を言いながらちっと舌打ちして、まあ、ずっと町に住んでりゃ肝心なことを忘れちまうもんだ、とあちこちに傷がついて革の禿《は》げかけたごついい編みあげ靴を履きながらひとりごとみたいに言う。こんなに底の厚い靴を少年は見たことがなかった。靴底の素材だってゴムにしては固いし、プラスチックにしてはやわらかくて弾力がありすぎる。さっき下の棚の隅にあるのを出してくれと頼まれていいかげんに片手で持ちあげたとき、予想外の重みに少年の手首はぐにゃりとひねられそうになった。靴は通気性がよくて軽いものがいちばんいい、かっこうばかり気にしてると膝《ひざ》や腰を痛める、というのが母さんの持論で、友だちが履いている輪郭のうつくしい運動靴をどんなに誉《ほ》めそやしても、指の先があまっていたり甲の高さがあわなかったりするくらいなら裸足《はだし》のほうがましだと言ってまじめに聞いてもくれなかった。靴にはじんわりと湿り気があって、足首をすっぽりとくるむ革の筒から空気が抜ける気配などまるでない。手の先でとつぜん重さを増した靴に、蹲踞《そんきょ》みたいな姿勢で腰を下ろしていた両足首のバランスが崩れて、少年の身体がぐらりとよろめく。それを見て、おじさんは煙草の煙といっしょに、ふぬっ、と変な音を漏らした。

めったに会わないひとだから、こういう小さな失敗のたびに少年はひどく緊張してしまう。前回この家に来たのは小学校二年になったばかりのころで、父親が家を出ていった直後のことだった。毎年の年賀状におばさんとふたりでならんでいるスナップ写真が刷られているから顔になじみはあるけれど、ふだん会っていないとしゃべり方の癖がうまくつかめなくて応対に苦労する。間近でながめると写真ではわからないところがいやでも目につく。深くて黒い皺《しわ》が数本、両方の目のわきに刻まれ、その位置といい角度といい、母さんとうりふたつなことになぜか胸を突かれる。父さんにこんな皺はなかった。

「二段目の奥に、もっと小さいのがある。そいつを履いていけ」

トンネルのおじさんはあがりがまちにどさりと腰を下ろし、左の靴をすませ、右のほうの紐《ひも》をむすびながら彼に命じた。下を向いたままなので、くわえた煙草の濃い煙が顔面を這《は》うように伝い、もみあげに沿ってうえにのぼっていく。半年以上まえに送られてきた写真とくらべて、ひろい額の生え際《ぎわ》に白髪が増えたことに驚かされる。髪がさらに白っぽく見えるのは、煙のせいばかりではなさそうだ。ニコチンだけでなく、身体中から浸《し》みだしたアルコールの臭《にお》いがもわんとたちのぼってくる。昨日の夜もおじさんは固形物をほとんど口にしないでひたすら飲みつづけ、そのあいだいっときも煙草の火を切らさなかった。少年の言葉が喉《のど》もとにひっかかって、あ、とも、い、とも応《こた》えられずただいがらっぽい音だけが舌の奥で転がるのは、その慣れない煙のせいなのか、まだ残っている緊張感のせいなのかはっきりしなかった。

言われたとおり、二段目の奥のほうに靴らしきかたまりの入っている白いレジ袋が見えたのでそれを取り出してみると、おじさんの靴とおなじ型の、サイズだけ極端にちがう革靴が入っていた。傷《いた》みはあるけれど、まだ革の色艶《いろつや》もいい。大切にされているのがひと目でわかった。

「これ？」

「そうだ。ちょうどおまえの足くらいだろう。履いてみろ」

足を入れてみると、やけに小さい。新聞紙がつめてある、とおじさんがそっけなく言う。どうりで足の先が詰まって入らないわけだ。手を突っ込んで新聞紙を引っ張り出すと、くしゃくしゃとまるまってはいなくて、ほそながい棒状にずるずると抜けてくる。去年の夏、母親と遊びにいった海の家の、磯《いそ》くさいサザエの壺《つぼ》焼きを少年は思い出した。先のほうはほんのわずかだが湿っていて、甲の部分にあてる革をぐいと引っ張るようにして足を入れなおすと、指の先がちょっとだけあまる。かたちの合わない靴はよくないのよというあの口癖があたまのなかで響いた。ゆっくり紐をむすんでみると、左右ともアキレス腱《けん》のところに隙間《すきま》ができてさすがにあつらえたようにはいかなかったけれど、がっしりして頼もしい感触だ。少年がひと差し指を入れてすき間の大きさをたしかめているのに気づいておじさんはようやく煙草を手に移し、台所からちょこちょこと出てきたおばさんの手から弁当を入れたリュックと水筒を受け取りながら、子どもサイズの靴を顎《あご》で示した。視線を移したおばさんの眉《まゆ》が、一瞬、ぴくりと動く。両の目が大きく開いて、表情が崩れかけたそのぎりぎりのところで平静をとりもどし、これを履かせていくの？　とたずねた。

「しかたないだろ。ほかに履けるようなものがない。町へ買いに出てたら、帰りが遅くなる。こんなズックじゃ簡単に脱げちまうからな。怪我《けが》させるわけにはいかん」

おばさんは黙って、少年を見た。

「きつくない？」

「うん。でも、ちょっとゆるい。うしろが」

「見せてごらん」

おばさんは玄関まで下りて彼の横にしゃがみ、指で爪先《つまさき》を押して空間がないかどうかを確かめて、このくらいなら大丈夫かねと言いながら、今度はかかとのほうに指を差し込んだ。

「あら、ほんと。きつすぎてもいけないけどねえ。ゆるくっても、靴ずれになることがあるし。なにかあてがってやればいいかな。手拭《てぬぐ》いの古いのを切ってきてあげる。待っててね」

おじさんは玄関の敷石に煙草をぐりぐり押しつけて消し、それを庭先にぽいと投げ捨てると、またあたらしい煙草に火をつけて、なにも言わずにぼんやり外を見ていた。

田舎の家だから、玄関といってもホールみたいに広くて、天井が高い。剝《む》き出しになった梁《はり》に、今年できたばかりの燕《つばめ》の巣があった。南にむいたガラス張りの引き戸は鳥たちのためにいつも少しだけ開けてある。長方形の枠の上半分に、盛り土のうえを走る線路の高架線が見えた。そのうちおばさんが戻ってきて、短冊《たんざく》みたいな布きれを手渡してくれた。紐をゆるめてその布を二枚重ねに入れてみると、サポーターでもしたみたいに足首を軽く締めつける感覚があって、靴と足がぴたりと吸いついた。手で持つと重いのに、実際に立って歩いてみたらふしぎと軽い。どうやら思わず知らず笑みを浮かべていたらしい。それまで面倒くさげに煙ばかり吐きだしていたおじさんの表情が、心なしかやわらいだような気がした。やっぱり母さんに似てる、と少年は思う。笑みを浮かべると左の頰だけに力が入って、唇の端がくいっとつりあがる。

「ちゃんとふたりぶん入ってるだろうな」

「食べきれないくらいおにぎりが入ってますよ」

「ツナはある?」少年がおずおずとたずねた。母親が仕事帰りに買ってきてくれる、マヨネーズで和《あ》えたツナのおにぎりが大の好物だったのだ。声をあげて笑い出したおばさんの口もとからのぞいた奥歯に、銀色の詰めものが鈍く光った。

「ツナはないよお、ごめんんね。うちはいつも梅干しと昆布、それから鮭《さけ》。おかずに甘い卵焼き。ついでに鶏《とり》の唐揚げも」

「坊主《ぼうず》」トンネルのおじさんが煙草をくわえたまま言う。小僧とか坊主とか、そんな呼び方はテレビの時代劇でしか知らなかったのではじめはびっくりしたが、坊主がお坊さんのことではなくて自分を指していることくらいはわかる。三日坊主、わんぱく坊主の坊主だ。

「握り飯にツナだのマヨネーズだのを入れるなんてな、面倒くさがりが適当に考えたいんちきだ。おまえの母さんは仕事帰りにできあいのものを買ってくるだけだからわからんだろうが、うちは梅干しだって昆布だって自家製だぞ。文句を言うな」

「聞いただけだよ」

「腹が減ってればなんだってうまいもんだ、それより水筒を忘れるな」おじさんは彼に弁当の入ったリュックを持たせた。

水たまりがひどいから車を寄せると言って、あいかわらず煙草をくわえたまま、玄関口を左に折れた先の、農具や工具が置いてある納屋《なや》のほうへ歩いていく。昨晩の雨で未舗装の山道から泥水が流れ、あちこちに深くて茶色い水たまりをつくっていた。荷台の囲いがでこぼこになった白い軽トラックは、その納屋のとなりの、トタンで屋根をふいただけで壁も扉もないむきだしの車庫に収まっていた。車庫まえの赤茶けた道は裏山につうじているのだが、五分ほどのぼったところに柿《かき》の木が群生している。もちろん遠目にしか見えないそれら緑のかたまりが柿の木かどうか、少年にわかるはずもなかった。

毎年秋、段ボール箱いっぱい送られてくるいびつなかたちの柿がどこでとれるかを教えてくれたのは、少女時代、兄とふたりで好き放題に柿をもいでいたという母親で、ほら、またトンネルのおじさんから柿が送られてきたわよと嬉《うれ》しそうに言って、そのたびに郷里の柿の木の話を語って聞かせるのだった。田舎にはぜったい帰りたくないというきつい言い方とは裏腹に、そういう思い出話になると母親の記憶はじつにこまかいところまで光を当てることができるらしく、興に乗ると——コンビニの弁当をつまみに缶ビールを飲んだりしたときだが——チラシの裏に地図を描き、家のまわりにはこういうのがあって、柿の木はここ、クヌギはここ、栗《くり》の木はこの辺だったし、いまもあるはずよと言葉はとめどなく流れ出た。

母親が自分の兄のことをトンネルのおじさんと呼ぶようになったのは、少年が三歳になるかならないかのころだったらしい。正月にはじめて家族で帰省して三が日を過ごし、東京にもどってほっとひといきついたとき、少年がとつぜん、たどたどしい口調で、トンネルのおじさんのとこ、楽しかったね、また行きたいね、と高い声をあげたのである。一瞬、ふたりともなんのことやらわからずぼんやりしてしまったのだが、ああ、義兄《にい》さんのことだろ、たぶん、と父親のほうが気づいて大笑いになり、以来、ずっとその綽名《あだな》でとおしてきた。

母屋《おもや》と納屋をむすんだ線の中点から私道の方に垂線をのばしていくと、その道が赤茶けたレンガ造りの隧道《ずいどう》の下をくぐる。上は旧国鉄の線路になっていて、列車が通るたびにその二本の鉄の平行線を踏まれてがたごと鳴り響き、アーチ型の天井からいっぱいに音が降ってきて乱反射したようになるのだが、静かなときはまたかくべつに静かで、空に音が吸われていくような印象を受ける。母親に手を引かれた少年は、そのちょうどまんなかあたりで立ち止まり、父親といっしょに、あ、う、わあ、う、と声をあげて残響を楽しんでいたという。けれど、自分はそんなこだまより、夏の暑い盛りでもひんやりした空気が染《し》みてくるトンネルそのものが好きだった、と少年はその説明に心のなかで異議をとなえた。側壁の下に細身のU字溝を埋めた水路があり、これは鉄道工事のときに出た湧《わ》き水を導いてトンネルの外の国道のほうに流し、そのまま尾名川沿いにひろがる段丘の水田のための用水になっている。ちょろちょろとした水の音と涼気のせいで、むかしはレンガの壁にそれよりもずっと赤い腹を持つイモリがいっぱい張りついていた。イモリがいるのは水がきれいな証拠だと教えてくれたのも母親だった。湧き水の冷たさと透明度は変わらないように見えるけれど、イモリの数は明らかに減っている。ひいじいさんの時代には、こいつらを真っ黒に焼いて薬にしてたんだぞとおじさんが話してくれたときは、ほんとうにびっくりした。薬って、なんの薬だろう？　そう思って尋ねてみたら、おまえはまだ知らなくてもいいと言われた。

トンネルの見映えは南にあたる道路側のほうがよかった。河床にむかってなだらかに目線が下がっていく空の開けたそのあたりの道路は幹線ではなく、土地の人間と渋滞を避ける車しか通らない迂回路《うかいろ》なので、センターラインもない、乗用車が二台すれちがうだけで精一杯の道幅しかないのだが、線路を持ちあげている土手沿いに走る車線から前方を見ると、草木の茂る築山《つきやま》の左手に、真っ黒い穴がぽかりと口を開けているのに気づく。そして、そのまえを通り過ぎる瞬間、十数メートル先に明るくひろがる別世界に思わず声をあげたくなる。三日まえ、駅に迎えに来てくれたおじさんのぽんこつトラックでこの山間《やまあい》の敷地へむかう市道に折れ、サイクリングコースみたいになめらかなアスファルトで舗装された道路の左手に口を開けているトンネルに入ったとき、急に路面が砂利道になって、斧《おの》でかち割ったふうの断面をさらした石がタイヤに踏まれてばちばち音をたててはじけ、車体が左右にぐらりぐらりと大きく揺れた。

その揺れが、幼少時のかすかな記憶をよみがえらせた。

車庫から出てきた白いトラックのドアはぼこぼこにへこみ、サイドミラーの付け根ががたついて、布地のガムテープでぐるぐる巻きにしてあった。荷台の金具がいくつかとれているので、積み荷を濡《ぬ》らしたくないときは幌《ほろ》をかけることもできず、ビニールシートをぺたりと密着させるようにかぶせる。ほぼ自給自足の暮らしにはそれで不服はなかったのだが、下手にあたらしいものを買うとまた近隣の連中があれこれ噂《うわさ》をしかねないので、それをあらかじめ防ぐための方策でもあった。おじさんの家は、というか母親の実家はとても奇妙な位置にある。市が所有し管理している山と私有の畑がならんでいる河岸段丘の中腹に引かれた市道のあいだに収まっていて、しかも市道に並行して鉄道が敷かれているのだ。山林の管理や伐採には山の北側からあがってくる道路が使われ、柿の木のならぶ道はいくつかの山を越えてそれとつながっていた。作業の場所によっては山のこちら側に運搬トラックがやってくるのだが、そのためには私有地を横切らなければならない。鉄道が敷かれることになったとき、おじさんたちの祖父、つまり少年の曾祖父《そうそふ》が、目のまえに田圃《たんぼ》も畑もあるんだから、これまでどおりの道順で楽に仕事に出られるようにしてほしい、踏み切りにするなら作業用の土地も提供しない、と当局にかけあった。そんなわけで、すこし先にある本物のトンネルの出入り口が当初の予定より高くされ、わずか一戸のために、しっかりしたレンガのアーチ構造の抜け道が用意されたのである。だから正確に言えば、それは穴をうがってできたトンネルではなかった。あそこは運がよかった、間近を列車がとおる迷惑料がわりに立派なトンネルまでせしめた、あのぶんじゃあ裏山も国に売りつけて相当な財産を手に入れたにちがいない。直接つきあいのない連中のなかには、はるかむかしにひろまったそんなでたらめをいまだに信じている者がいて、家の補修をしたりするたびに資金源をめぐってつまらない噂をひろめた。もともと華美なことや贅沢《ぜいたく》とは縁のないふたりだからよけいに腹が立ち、また情けない思いを味わったらしい。

「弁当といっしょに乗れ」

右肘《みぎひじ》を窓枠にかける片手運転でおじさんが言う。急いで反対側にまわって乗り込むと、おばさんが外まで見送りに出てきて、いってらっしゃいと小さく手を振った。靴底が厚いせいか足がしっかり地面について踏ん張りがきく。これなら左の窓のうえの取っ手につかまるだけで、シートベルトはしなくてもよさそうだ。柿の木の道に車をもどし、山に入っていく。家とそのまわりではあんなに吸っていた煙草を、おじさんは口にしなくなっていた。

「山では昼飯のあと一服するだけだ。だいじに吸って、だいじにもみ消す。火事がいちばん怖い」

「でも、雨が降って木は湿ってるよ」少年が言うとおじさんは感心したようにちらりと助手席を見た。

「そうだな。天気つづきでからっとしてるときよりは、心配がない。だが心配することと用心することは、似てるようでちがう。心配ってのは、用心しない者が口にする言い訳だ。煙草はもう一日分吸ってきた。あとはおまけ、ご褒美《ほうび》だ」

「うん」

「なにが、うん、だ？」

「うんって、返事しただけ」

「そうか」

「でも、いい匂《にお》いだよ、おじさんの煙草」

それからしばらく、黙ったまま揺れに身をまかせた。黙ったままというより、うるさくて言葉が聴き取れないのだ。タイヤにはじかれた小石が車体の下に飛んで腹の部分を打ち、その衝撃がふたりつづきになっているシートからお尻《しり》に伝ってくる。東京のアパートは環状道路の近くにあって一日中ごうごうとうるさいけれど、石と金属のぶつかる音は騒音とべつものので、なんだか未知の生き物が大声でがなりたてているように聞こえる。パイプが破裂したらどうするのだろう。心配と用心はちがうというおじさんの説明が、やっぱり少年にはぴんとこない。用心深い運転なんてしてないじゃないか。おまけに、場所によって陽が差したり差さなかったりするので、耳ばかりか目の奥までおかしくなってくる。

急に視界が開けた。いや、開けたのではない。丈の低い山はまだ連なっているのだが、斜面の一部の緑が薄くなって茶色い地肌がのぞき、そこだけ妙に明るんでいたのだ。車が一台通れるだけの道幅だから、ときどきすれちがうときに使う逃げ場が用意されている。おじさんは湧き水が流れている小川の横にあった楕円《だえん》形の空き地にトラックを停めた。弁当と水筒の入ったリュックを少年に背負わせて、じぶんは細ながい麻袋をかついで先に歩きだす。袋のなかには、大小のシャベル、ツルハシ、そしてのこぎりなど、山登りとは関係のない道具が一式入っていてかなり重そうだったが、手を貸すわけにもいかなかった。

＊

夏休みに入ってすぐ、どうしてもお父さんと話し合わなければならないことがあるからと、母親は少年を兄夫婦にあずけた。ここに着いた日は平日だったので、迎えに来てくれたあとおじさんはすぐまた仕事に出て、翌日に母親だけ帰っていったから、一対一で向きあうのは今日がはじめてだった。東京では、親しみをこめて「トンネルのおじさん」なんて呼んでいるけれど、父親が家に戻ってこなくなってから一年以上になるし、学校の先生以外に大人の男のひとと話をする機会もなかったから、言葉を出すタイミングがうまくつかめない。働きに出るようになって、母親はすこしずつ変わっていった。忙しいからなんて言い訳はぜったいしないひとだったのに、息子のほうを向く余裕がなくなっていた。十日くらい、もしかしたらもっとながくトンネルのおじさんのところで世話になるからね。母親がそう言いだしたときも、だから驚きはしなかったし、落胆もしなかった。それで家の問題が片づくならなんでもしようと思っていた。そして、思っていたからあえて口にはしなかった。日記と計算ドリル、漢字ドリルは忘れずに持ってきた。遊びに飽きたら畑の仕事でも手伝えばいい気分転換になるなんて母さんは適当なこと言っていたけれど、夏の工作だけはまだなにをつくるかすら考えていなくて、それを食事のときふと漏らしたら、食卓でもくわえ煙草のおじさんが、じゃあ、木でなにかこしらえてみろ、材料ならいくらでもある、と少年を見た。

「木《こ》っ端《ぱ》や枝を使う工作は、もう友だちがやってる」

「じゃあ、根っこを使えばいい」

「根っこって……」

「そこにある」

食堂から見える居間のテレビの横に、いぼいぼのある蛸《たこ》みたいな木の根が、蛍光灯の光を照り返しながら艶《つや》やかに鎮座していた。飴色《あめいろ》の木肌がくねくねして、外国の物語で知ったグロテスクという言葉を連想させる。顔に出たのだろう、おじさんがめずらしく笑顔になって、そう怖がることはないと言った。

「おなじものをつくるわけじゃない。それだってもとは頼まれ仕事だ。農閑期といってな、暇なときにつくる。こういう飾りものの好きな連中がたくさんいるんだ。根を掘りだして、いろんなかたちに見立てる。その気になれば蛸に見えたり、カニに見えたり、ひとの顔に見えたりする。節も、傷も、みんなちがう。それを生かして、よけいな部分を伐《き》る。水で洗って、皮をはいで、木肌を出したらワックスをかけて磨く。それだけだ」

「おもしろい？」

「どうだろうねえ」とおばさんが代わりに応《こた》えた。「釘《くぎ》を打ったりしないから、工作にはならないかもしれないけど、でも、せっかく田舎に来たんだし、田舎のおじさんの言うこと聞いてみたら？」

「田舎のおじさんとはなにごとだ」

「だって、いまどき木の根っこを掘って磨くなんて、どんなに想像力のある子どもでも考えつかないわよ」

おじさんは不機嫌そうにビールをあおり、その気があるなら日曜日に連れて行ってやる、小さいのを掘り出せば、あとはひとりでぜんぶできると言った。

＊

地面はあいかわらず砂利と赤い剝《む》き出しの土で、見るからに滑りそうだったが、おじさんのあとをわざと追わずに道のわきの下草を踏んでみると、むしろそちらのほうが危ないようだった。都会育ちの少年の語彙《ごい》にぬかるみという単語はないに等しい。公園の小径《こみち》はどこへ行っても舗装されているし、学校の運動場はかろうじて土になっているけれど、水を吸った状態で遊ぶとグランドを傷《いた》めるとの理由で、雨の日は使用禁止になる。ねちゃねちゃと音のする土に触れる機会は、まずなかった。山道には湿った草木の香りが満ちていて、酸《す》っぱいような臭いような、あまり気持ちよくない種類のものもあったのだが、そういう複雑な匂いのする道を跳ねたりジグザグに進んだりながらのぼっていくのは、車に乗っているときの数倍も楽しいと少年は思った。おばさんが用意してくれた日本手拭《てぬぐ》いの切れ端のおかげで、靴のぐあいもいい。ずっとまえから履きなれている靴みたいに足になじんできていた。

「大丈夫か」おじさんは少年が寄り道をして足音がやや離れると、すぐに振り返ってたずねる。声をかけなくとも、五分に一度は振り向いて姿を確認する。

「大丈夫」

「いま休むとかえって疲れる。このまま行くぞ。リュック、重くないか」

「うん」

「重かったら、持ってやる」

ときどき聞こえていた湧き水の音は、もうほとんど届かなかった。道はゆるやかに右へまわり、山肌を勾配《こうばい》なく横切るように伸びていた。空き地から見えた山腹が、目のまえに迫っている。間伐材を運ぶときは、車を降りた分岐点からさらに奥の道を使う。その作業用の道路のすぐ近くまでふたりは来ていたが、手前で沢のほうに下り、木々の間引きされた明るい林のなかへ入っていった。道はふたたび横這《よこば》いになり、またのぼりになった。砂利はなく、ひとが踏み固めたのか、土の感触がこれまでよりどっしりしている。そこから二十分ほど黙って歩きつづけたころ、おじさんが、お、と声をあげ、横道に大股《おおまた》でがさがさ分け入って、ひとつの切り株に近づいていった。

「もっと先まで行くつもりだったが、こいつでよさそうだ」

かついでいた袋からスコップを出して、おじさんは根本の土を先でつついた。地表は雨のおかげかやわらかそうだ。一部の土を取り除いて出てきたもっと固い土を、今度はツルハシの先で試掘する。何度か突き刺しているうち、大きな石にあたってがちんと音のすることがあったが、あとは土ばかりのようだ。よし、やってみろと軍手を渡されて、少年は砂場で遊ぶスコップが大型になったようなシャベルを握り、反対側を掘りはじめた。しかし、見た目からは想像もできないほど深く地中にくいこんでいて、子どもの力ではなかなか歯がたたない。アカメガシだ、瘤《こぶ》にいぼいぼがある、そういうのを欲しがる物好きがいてな、とつぶやいて、ああそうだった、こいつはもちろんおまえのだ、と言いなおした。こんなに頼りなげな木なのに、根だけは中型犬までなら簡単に包めそうなくらいがっしりと張っている。たとえ最後まで掘り出せなくても、日記に書いておくだけでじゅうぶんさまになるだろう。少年は感嘆しながら手を動かしつづけた。

「潮干狩りみたい」

思わず口に出すと、おじさんは顔をあげて、そうだな、と片頬だけで言った。

「去年、海の家に行って、潮干狩りした」

「母さんと行ったのか」

「うん。ふたりで行った」

「そうか……海と山で、贅沢なやつだな」

根に巻き込まれた石をツルハシで砕いて、かけらをひとつずつ拾いあげていくと、ゴボウみたいな髭《ひげ》のある細い根がだんだんあらわになり、土と根のあいだに空隙《くうげき》ができて手が入るようになってきた。ごつごつした根の中心が見え隠れする。ふたりとも、なにも喋《しゃべ》らずひたすら掘りつづけた。さすがにトンネルのおじさんだ。綽名《あだな》の由来はもちろん知っているけれど、これだけ軽快で力強い穴掘りの技を見せられると、どこかでほんとうにトンネルを掘っていたんじゃないかと思えてくる。木を傷めないよう徐々に掘る手の力を弱めていく。ぐらぐらして、あとひと息のめどがたったところで、そろそろ昼にしようとおじさんはいい、穴から離れた木の下の斜面にビニールシートを敷いて弁当をひろげた。軍手をしていたのに細かい土が入って、指先まで真っ黒になっている。それをおしぼりできれいにふき取った。四角い布巾《ふきん》を濡《ぬ》らして固く絞り、まるめてビニール袋に入れただけの、正真正銘のおしぼりだ。母親が買ってくる弁当には甘ったるい薬品の匂いのするウェットティッシュがついているけれど、どうしてもそれを受けつけられない少年にはありがたいことだった。

おにぎりはひとつひとつが大きくて、重くて、丸々している。ぴたりと巻きつけられた海苔《のり》に米粒の水分がしみてしっとりしているのも、色紙の細工みたいなパリパリした海苔のおにぎりばかり食べている身にはめずらしい。ひとくち頬張ると、指先にも、歯にも、かけらが張りつく。おじさんの前歯にも、黒いしみがいっぱいできた。米粒だって不揃《ふぞろ》いだけど、こんなにおいしいおにぎりは食べたことがない、ツナなんてぜんぜん必要なかった、と少年は素直に感動した。おかずもぜんぶ手でつまみ食いし、お茶をたくさん飲んで、しばらくは動けないくらい胃を満たした。おばさんが心配してくれていた靴ずれはできなかったけれど、さすがに疲れたせいか、足裏がむくんだように熱を持っていた。それを言うと、靴を脱いで少し横になってみろ、元気が出てからまたはじめればいいと、おじさんは編みあげ靴から足を引っこ抜く手助けをしてくれた。抜いたとたん、林の冷気のなかで熱が引いていく。リュックを枕《まくら》にしてひろげたビニールシートのうえで横になると、木漏れ日に目がちかちかしてそのまま意識が遠のいていきそうだった。おじさんはポケットから煙草をとりだして火をつけ、ゆっくりとじつにうまそうに吸い、吹き消したマッチの軸を楊子《ようじ》がわりにして歯の掃除をした。

「おまえの母さんと、このあたりに来たことがある」

おじさんがつぶやくように言った。母さんという言葉に反応して眠気が消え、少年は半身を起こした。

「ずっとむかしだ。若いころは農業なんて平べったい言葉はつかわずに野良《のら》仕事と言ってな、友だちのまえじゃその言い方が、どうにもかっこ悪い。だから田圃《たんぼ》や畑に入らないで、町へ働きに出てた。二十五か六のときだ。十六も年が離れてるから、あいつはちょうどおまえくらいだった。お盆に帰ってきたら、学校の工作の宿題がまだ終わってないといって泣いていた」

はじめて聞く話だった。柿《かき》の木と、古くからあるトンネルのことしか、母さんは教えてくれなかった。

「ぼくとおんなじだ」

「そうだな。間伐材を拾いに来たんだ。海に流れ着く木があるだろう、あれを真似《まね》ていろんな形の枝を探した。最後に、ひとの顔に見えるものばかり選んで、ペンキで色を塗った」

麓《ふもと》のほうで、ガッガッとなにかを引っ掻《か》くような音がする。小動物が樹皮でも食べているみたいな音だ。樹《き》の皮をかじる動物をまえにテレビの記録番組で見たことがあった。リスだろうか。たぬきだろうか。耳の神経が、生き物の気配を感じさせるその音のほうへ向きかけたとき、おじさんは指が焼けるくらい短くなるまで吸った煙草を湿った土に押しつけて丁寧にもみ消し、おもむろに立ちあがって靴底でぐりぐりと踏みつけた。それからシャベルで土を小さく掘り起こし、吸い殻を埋めた。念には念を入れてのことだろうけれど、家のまわりでのあの大雑把な処理のしかたを知っている者には信じられないほどの慎重さだ。ひとつぐっと背伸びをして、今度は大きいほうのシャベルをつかみ、むかしの水運びみたいに首の後ろに柄の部分をまわすと、両腕をだらんと柄にかけ、そのまま右、左と身体《からだ》をひねった。おじさんはまた軍手をはめて穴のへりにしゃがみ込み、建物の壁を這う蔦《つた》さながら細くて丈夫な根を引き抜こうとする。のこぎりで切り落とせば簡単なのだが、あまりいいかげんにやると、あとで形を整えるのがむずかしくなる。まずは掘りだし、余裕をもってカットしておいてから、どちらをどう向けるのか検討する。ふつうは根の下のほうをひっくり返して、曲がった四肢が空へ伸びていくようにするのだそうだ。少年はじゅうぶんに冷えた足をあわてて靴に突っ込み、紐《ひも》をむすぶのもそこそこに、ぼくもやると言って穴にもどった。もっと太いものになると深めにシャベルを差し、支点に大きめの石をあてがって梃子《てこ》の原理で持ちあげるのだが、このくらいだとすぐ傷がついてしまう。安全を期すならやはり手で持ちあげるのがよさそうだった。ぶちぶちと根をひきちぎりながら、トンネルのおじさんが、母さんはいつ迎えに来る？　と少年にたずねた。

「十日くらいしたら。電話するって」

「ほかになにか聞いてるか？」

「聞いてないよ」

「そうか」おじさんは、ほんの息継ぎのような間を置いた。

「楽しいか」

「うん」

ひげの生えた根がどんどん両手に集まって、まりものような玉になる。なぜだかわからないけれど、ずっと開けていないたんすの引き出しのなかみたいな、かび臭い空気がふっと鼻をつく。ぶちぶち言う音が消えたところで、おじさんはようやく手を休めた。

「休みが終わるまで、いてもいいんだぞ」

麻袋からロープを出すと、おじさんは穴に片足を突っ込んで二股、三股に伸びた根の周囲に二重、三重に渡し、両端をのばしてそれを少年に握らせ、飛ぶように地面にあがった。それから少年の横に立って、せーので引っ張るぞ、と腰を落とした。真っ黒な土のうえに、形がまったくおなじでサイズだけが異なる靴が四つならんでいる。この靴、だれのなんだろう？ 根ではなくその靴を見ながら少年は問いを呑《の》み込み、おじさんのかけ声で一気に引くと、めりめり音を立てながらロープが伸び切ってぴんと張り、醜いかたまりがわずかに持ちあがった瞬間いちばん細いところがばきんと折れて、ふたりのお尻を湿った土にやわらかくたたきつけた。

解説　なつかしさに浸される

小野正嗣

あるひとつの土地を舞台にして、その土地に生きる人たちの物語を描くという小説の書き方がある。その際、土地の固有性が強ければ強いほど、たとえば、その土地が独自の歴史や伝承、あるいは神話に満ちていればいるほど、物語の魅力もそれだけ大きくなる。なるほど、フォークナーやガルシア＝マルケス、あるいは大江健三郎や中上健次の小説を読むとき、たしかにそのとおりだと思う。だから、ほかとはちがう土地を見つけさえすれば、語るべき物語もおのずと生まれてくるのかもしれない。

だが、いまいったいどこにそんな「ほかとはちがう土地」があるというのだろう。たとえば日本社会においては、どこに暮らしていようとも人々の生活のありようはますますたがいに似るばかりではないか。大都市の郊外でも地方でも人々は車を使ってショッピングセンターに買い物に行く（そして車がない老人は買い物難民になる）。インターネットの普及のおかげで、日用生活品から娯楽品に至るまであらゆるモノが店に足を運ばなくとも注文できる。音楽などはCDのかたちで、つまりモノとして買う必要すらなくなってきている。選択肢が信じられないほど増えて、人はより個性的な生き方ができるようになったかと思いきや、選択肢の提示のされ方においても、私たちの選択の仕方においても、効率性や利便性が何よりも優先されているという点で没個性的であり、これまでと同じかそれ以上に私たちの生活形態は型通りになっている。標準化、あるいは画一化していくのは生活だけではない。携帯電話でメールを書く（打つ？）ことに慣れた学生たちに少し長い文章を書いてもらうと、表現や句読点の打ち方が似ているためか、文章の外観までもがなんだかそっくりだ（気のせいだといいのだけれど）。このようなことは、すでにあまりに当たり前で、ここでいまさら書くのがためらわれるほどだ。ある土地の歴史や伝承を作るのは（たとえそれが「発明」や「ねつ造」であったとしても）、そこに暮らす人間である。ボタンを押すだけで何もかも事足りるような、快適さの異様な追求をベースにした生活様式のなかで誰もが生きているのだとしたら、それぞれの土地の固有性はますます薄れていく。日本だけではない。そうしたことは資本主義のグローバル化によって世界中で起きている。あらゆる土地は本来固有の「物語＝ナラティヴ」を持っているはずだが、グローバル化はまさにそうした物語を否定することによって成り立っている。ある地域に工場ができるのは、その地域の文化や歴史を尊重してのことではないだろう。経済的な観点からして、その土地がもっとも利益をもたらしそうだからだ。人件費が安くつくということも大きな理由になるだろう。工場のラインで働く人間を雇用する基準は、もちろん、その人がどのような人間であるかということではない。効率よく作業を遂行するのに必要とされる最低限度の能力があればそれでよいのであって、その人がどこに生まれ、どのようにして生きてきたのかという、その人だけの「物語」などどうでもいいのである。グローバル資本主義の時代にあっては、大量に生産され消費されるモノに、それを作る（いや、作るのではなくて、その製造工程のほんの一部にかかわる）人は似てきている。いつでも簡単に交換できる。いらなくなったら捨ててしまえばいいというわけだ。土地、人、モノとあらゆるものから「物語」が奪われつつある。奪われるというのが言い過ぎなら、少なくとも、そうした物語がますます軽視され、見えにくくなってきている。そのことになんとも言いようのない不安を感じている者は多いはずだ。

そのような時代に生きる私たちにとって、堀江敏幸の小説はこの上もなく貴重であり、尊い。

本書『未見坂』を構成する九つの短編の舞台となっているのは、架空の地方都市である。作中において名を与えられることのないこの地方都市に暮らす人たちの日常の一風景が、堀江敏幸にしかできない、隅々にまで心の行き届いた端正で美しい文体で描かれている。登場する人物が重なりあうことはなく、それぞれの短編は独立した物語として読むことができる。

それでも本書が同じひとつの土地を舞台にしていると断言できるのは、それらの物語が、「市営住宅」の脇《わき》を通る「未見坂」、駅から伸びていく「尾名川交通」のバス路線がちょうどふたつに分岐する「戸の池一丁目」とそこにある個人商店、「日野製材所」など、共通する風景によってゆるやかにつながれているからだ。本書を読みながら、登場人物たちと同じ風景を見つめ、彼らの話す声に耳を傾けているうちに、読者はふと「知っている」とつぶやいている自分に気づくはずである。「滑走路へ」で自転車を漕《こ》ぐ少年の「顔にあたる風」の感覚も、「なつめ球」の少年が吸い込む「箪笥《たんす》のなかから久しぶりに引っ張りだしたシャツみたいな、あるいは陰干しに失敗した洗濯物みたいな、どこかかびくさい布団」の匂《にお》いも、「トンネルのおじさん」で、タイヤにはじかれた小石が、おじさんの運転するトラックの車体の下を打つ「なんだか道の生き物が大声でがなりたてているような」音も、おばさんが少年に作ってくれた「ぴたりと巻きつけられた海苔《のり》に米粒の水分がしみてしっとり」とした「ひとつひとつが大きくて、丸々している」おにぎりの味も、そうだ、たしかにみんな知っている、と。

そればかりではない。信号待ちをしているバスの運転手と顔が合うと、「ずいぶんまえからの習慣で、おたがい軽く手をあげて挨拶《あいさつ》する」、「戸の池一丁目」の商店主の泰三さんのような人、あるいは「消毒液」に出てくる「潤の親父さん」のような――市の職員との交通事故をきっかけに、「不始末を表に出したくない役所の弱みにつけ込み、示談金のみか市営住宅に入るための便宜やら生活保護やらを順次取り付けて、市からの援助金」で暮らしていると噂《うわさ》されている――、いかがわしい、しかしある意味でたくましいとも言える人が、たしかに自分のまわりにもいた、と、それが本当の記憶かどうかも定かでもないのに、なつかしく思い出しているのだ。

本書に描かれている短編を、あたかも自分の物語であるかのように読者が思い出すときに、そのなつかしさに、どこか切なさがしみ込んでいるように感じられるのはどうしてなのだろう。それはすべての短編が、私たちのひとりひとりの物語と同じように、「喪失」や「危機」をかかえ込んでいるからにちがいない。「なつめ球」、「戸の池一丁目」、「トンネルのおじさん」の各編の少年たちがこの土地に来たのは、両親のあいだに何らかの問題が生じたからである。「滑走路へ」の少年には父親がいないし、その友人の父親は交通事故によって半身の自由を奪われている――「お医者さんは、もう治らないかもしれないって」。「苦い手」の主人公である肥田さんという中年男は母と二人暮らしで、その上司の秋川課長は最愛の娘を癌《がん》で失っている。「方向指示」の理容師、修子さんは父親をなくし、母親は交通事故にあって入院中である。「消毒液」の陽一少年の母親もまた、「原因のよくわからない病気」で入院している。

しかし登場人物たちが感じている「喪失」や直面している「危機」は、どれひとつとして似ていない。堀江敏幸はそれぞれの「喪失」や「危機」の物語がもつ固有の輪郭を、職人的な手つきで、ていねいに掘り出し、削り出し、磨き上げている。物語の構成のされ方、使われる単語や表現の選択に至るまで、作る者の細やかな配慮が行き届いていて、何度読み返しても、これぞまさに〈作品〉というものだ、と感嘆のため息を漏らさずにはいられない。

堀江敏幸の作品には、職人や職人的気質をもった人物が多数登場する。『未見坂』においても、「苦い手」の秋川課長や「未見坂」の彦さん、「プリン」の龍田さん、「トンネルのおじさん」にはどこか職人的なところがある。堀江敏幸がそうした職人的人物を描くことを好むのは、彼自身が職人だからだろう。では、本書『未見坂』と同じ地方を舞台とする『雪沼とその周辺』――「プリン」の主人公悠子さんの母親に

「プリンを教えてくれた先生は、むかし雪沼のスキー場のある町にあった料理教室に通っていたひと」だ──の「解説」で、「道具を書いて当代一の名人」と池澤夏樹に言わしめた堀江敏幸の「道具」とはいったい何だろうか。

言うまでもなく「言葉」である。

言葉は誰もが簡単に手にすることができる道具である。だが、これほどとりあつかいのむずかしい道具もない。いい加減な使い方をすると、すぐに錆《さ》びてしまう。どれもこれもよく似た紋切り型を切り出すことしかできなくなってしまう。私たちは日頃、言葉を大切にあつかっているだろうか。いくらでも代わりはあるのだからとぞんざいに扱ってはいないか。自分の心に、思いに、しっくりくるような言葉をちゃんと選んでいるだろうか。

職人とは、手と目の人である。対象をしっかり見つめ、同時に完成された姿を心の目にしっかりと映し出し、道具を握る手に神経を集中させる。すぐれた職人の使った道具には、その職人の手と目の痕跡《こんせき》がたしかに感じられる。そして『未見坂』はまた「目」と「手」の物語でもある。「なつめ球」の冒頭で、風邪で寝込んだ少年の視界に最初に入ってくるのは、「おおきく羽をひろげた孔雀《くじゃく》、無数の目」である。「なつめ球」という言葉は、連想によって「七つ目」、「孔雀の目」と結びつき、家を出ていった父親に動物園に連れて行ってもらったときのことを少年は思い出す。「苦い手」という短編では、入社面接のとき、苦手なものは何かと秋川課長に訊《き》かれた肥田さんが「ぼくの苦手は右手です」と答える。「左利《ひだりき》きなんです。苦手な手は、右手になります」。「苦手」という、ふだんの生活のなかであまり意識されることなく使われる言葉が、不意にちがった表情を表わし、私たちをはっとさせる。言葉とは、世界と私たちを結びつける道具なのだ。「方向指示」の主人公の理容師、修子さんの感慨は、私たちと世界との関係についても当てはまる――「むこうとこちら。そのあいだに自分をつなぎとめるのは、ときに、言葉だけになる」。だから言葉をどう使うかによって、世界の見え方が微妙に、ときにはがらりと変わってくる。堀江敏幸ほどこの道具を自在にあやつれる人はいない。『未見坂』の言葉のひとつひとつには、この名人の目と手の感触がしっかりと残されている。

そして忘れてはならないのは、この名人の目が子供の目でもあるということだ。本書の短編の多くが少年の視点から語られていることは注目に値する。子供の目には、世界を構成する存在のすべてが、まるでいまその場に生まれたかのように、なまなましい新鮮さと驚きに満ちている。子供には大人には見えないものが見える。子供の目は、分別のついた思考にとっては何のつながりもない事物と事物を自由に結びつける。

モノが人間と同じ、いやそれ以上の存在感をもって視界のなかに立ち現われてくる。『未見坂』という、このひとつの土地を舞台にした作品集においては、電子レンジやなつめ球やプリンや煙草《たばこ》や靴から、市営住宅やバス路線やトンネル、そして坂まで、あらゆるモノたちが登場人物たちと同じくらい、それぞれの「物語」を語りかけてくる。ここでは、グローバル資本主義の世界とはちがって、人間はモノ化していない。逆に、モノが人のように息をしている。

もはやひとつの土地の物語を語るのに、無理をしてその土地に固有の歴史や伝承などを探す必要などないのだ。堀江敏幸がそうしているように、そこに立って、目を開き、耳を澄ませ、みずからの存在をただ開けばよいのだ（もちろんなかなかできることではないのだが……）。人とモノを区別することなく、周囲のすべての存在に等しく、まなざしを、耳を、つまりは心を傾けること。そして同時に、身近な人々が、それればかりか私たちのそばにあった事物や私たちを包みこんでいた風景が、たえず小さな私たちに傾けてくれていたにちがいない配慮を、世界とのそうした親密な接触を思い出すこと。『未見坂』を読むとは、何よりもそのような不思議ななつかしさに浸潤される体験なのである。

（平成二十三年三月、小説家）

この作品は平成二十年十月新潮社より刊行された。

堀江敏幸著

いつか王子駅で

古書、童話、名馬たちの記憶……路面電車が走る町の日常のなかで、静かに息づく愛すべき心象を芥川・川端賞作家が描く傑作長篇。

堀江敏幸著

雪沼とその周辺

川端康成文学賞・谷崎潤一郎賞受賞

小さなレコード店や製函工場で、旧式の道具と血を通わせながら生きる雪沼の人々。静かな筆致で人生の甘苦を照らす傑作短編集。

堀江敏幸著

河岸忘日抄

読売文学賞受賞

ためらいつづけることの、何という贅沢！異国の繋留船を仮寓として、本を読み、古いレコードに耳を澄ます日々の豊かさを描く。

堀江敏幸著

おぱらばん

三島由紀夫賞受賞

マイノリティが暮らす郊外での日々と、忘れられた小説への愛惜をゆるやかにむすぶ、新しいエッセイ／純文学のかたち。

堀江敏幸著

めぐらし屋

人は何かをめぐらしながら生きている。亡父のノートに遺されたことばから始まる、蕗子さんの豊かなまわり道の日々を描く長篇小説。

堀江敏幸著

その姿の消し方

野間文芸賞受賞

古い絵はがきの裏で波打つ美しい言葉の塊。記憶と偶然の縁が、名もなき会計検査官のなかに「詩人」の生涯を浮かび上がらせる。

未《み》見《けん》坂《ざか》

新潮文庫　ほ－16－6

平成二十三年五月一日発行
令和五年三月五日三刷

著者　堀《ほり》江《え》敏《とし》幸《ゆき》

発行者　佐藤隆信

発行所　株式会社新潮社

郵便番号　一六二―八七一一
東京都新宿区矢来町七一
電話　編集部(〇三)三二六六―五四四〇
読者係(〇三)三二六六―五一一一
https://www.shinchosha.co.jp

価格はカバーに表示してあります。

乱丁・落丁本は、ご面倒ですが小社読者係宛ご送付ください。送料小社負担にてお取替えいたします。

印刷・株式会社精興社　製本・加藤製本株式会社

ISBN978-4-10-129476-6 C0193